KB134685

뜬금없는 소리

고요아침 운문정신 016

뜬금없는 소리

윤금초 사설시조집

고요아침

　쑥처럼 머리카락 희끗해지는 애년艾年. 데뷔 이후 어느덧 애년
이 훌쩍 넘도록 외길 걸어왔건만 검부러기, 쭉정이만 우부룩한
글 농사가 아닌가 싶다.

　종심소욕從心所欲…. 일흔 나이의 다른 말이 종심이다. 그 '종
심'을 넘긴 지도 여러 해 흘렀다. 저물면서 더욱 붉게 타는 저녁
놀, 놀빛이 무르녹을수록 곱다는 핑계 대고 여태 붓을 꺾지 못하
는 어릿광대라니.

　그것이 2004년, 첫 사설시조집『주몽의 하늘』을 펴낸 지도 열
세 번쯤 해가 바뀌었나 보다. 지지리 굼뜨고 게으른 소걸음 천성
때문에 예까지 오는데 십삼 년 세월을 축냈다. 그동안 연시조는
물론 단형시조 · 양장시조 · 사설시조뿐만 아니라 옴니버스시조
에 이르기까지 창조적 양식 확장을 꾀하고자 한눈 팔 짬이 있기
나 있었을까? 남이 미처 섭렵하지 못한 우리 정형시의 여러 장르
를 골골샅샅 짚어내기란 글쎄, 그렇게 수나롭지 않았음을 고백
한다.

　그러게. 또다시 정제되지 않은 군말만 주워섬긴 게 아닌가, 못
내 두렵기만 하다.

2018년 봄, 今初詩魔齋에서
윤금초 삼가

| 차례 |

제2부

제3부

제4부

제5부

제6부

제 1 부

아직은 보리누름 아니 오고

아서, 아서, 꽃샘잎샘 지나 보리누름 아니 오고

    저녁 에울 고구마를 옹솥에 안친 그날. 풋보리 풋바심을
찧고 말려 가루 내어 죽 쑤어 먹을 때까지 산나물 들나물
먹으나 굶으나 쉬지 않고 주전거려도 만날 입이 구쁘고,
발등어리가 천상 두꺼비 등짝 같고, 손도 여물 주걱마냥
컸던 아부지, 울 아부지. 참나무 마들가리 거칠어 보이는
손가락으로 올올이 애정이 무늬 진 명주 필 사려내고, 목
비녀 삐딱하게 꽂힌 솔방울만한 낭자에선 물렛가락이 뽑
아낸 무명실 토리가 희끗거리던 엄마, 울 엄마가 쪄낸

    밀개떡, 그때 그 밀개떡이 달처럼 오달졌지.

말

1.

까치 뱃바닥 같은 소리 줄창 허덜들 말어.

누군들 주둥아리 읎어 호박씨 못 까나. 세상이 하도나 머흔 세상이라 주댕이 재갈 물려 놓구 이냥저냥 사는 게 지. 가랫줄허구 통치마는 쩍 벌릴수록 좋다 카드만, 보리 밥 먹구 쌀방구 뀌듯 조선 밥 먹구 서양 똥 싸듯 희떠운 소 리 퉁명부리는 시러베 농투성인 어딜 갔남? 이리 왈 저리 왈 턱짓허다 흰죽사발 흘기눈 뜨구 떠름헌 낯 거두지 않구 엇먹는 소리 뒷동이나 달구 흥뚱거리는 쭉정이처럼 어푸 러지게 잘 해주구 올 적 갈 적 숭물 떠는 툽상스런 꼬라지 허며, 내동 딴전 보다 일이란 일 다 뻐그려 놓구 찍자 붙는 꼬라지 허며, 낚시 바늘 꼬부라진 소리 시시비비 씩둑거려 쌓네.

왜 그리 입술이 얇은지, 입방정도 자발읎이.

2.

낙엽은 가을바람 탓허지 않는 뱁이여.

눈 뜬 채 자는 물고기는 잡어가 아니라 카드만. 구부러
진 소낭구가 선산 지킨다 안 카든가. 젠장, 고름은 살이 되
지 않는 뱁이여. 참방게와 똥방게도 구별 못허는 세상 앙
이가. 메뚜기 계䗁, 땅강아지 곡䗁, 그리마 구䘉, 사마귀 당
螳, 쓰르라미 됴蟟, 말매미 면蜆, 며루 명蝒, 하루살이 몽蠓,
새우 미蝛, 풀쫴기 사螷, 귀뚜라미 실蟋, 가재 오鰲, 왕개미
의蟻, 쥐며느리 이䗩, 벼룩 축蝍, 풍뎅이 황蟥 같은 다족류
多足類 곤충처럼 머릿속에 말 다리 득실거리구, 말갈기 곤
두세운 발굽 소리 하염읎이 꼼지락거리구. 아닌 척, 거룩
한 척, 잘난 척, 조신한 척, 척 척 척 말 돌림 벌레 씹는 소
리 소리마다 의뭉 떨구 둘러방 치구 되알지게 대꾸허다 심
보가 죄 우그러져, 우그러져

말발이 뼈세지구 말구, 퉤 퉤 퉤 비참지경 앙이가?

15

이순의 산

따귀 빼고 아귀 빼고
바를 게 더는 없는
이생인가, 이생인가.

 어둠의 시간은 짧고 빛의 시간은 길다. 평생토록 품어
안을 산이 내게 있었을까? 이순耳順을 접고 나면 귀신 화상
도 뵌다는데 둘러봐도 안개 깊은 비루 오른 세간에서 그것
참, 그것 참, 하루를 천 년처럼 가다 앉아 보리 싹 만나 숨
결소리 짚어보고, 가다 앉아 삘기 꽃 만나 필담筆談도 나누
고 싶은 하늘색 일요일엔 한 조각 꽃잎 져도 봄빛 스릇 줄
어든다.* 줄어드는 봄빛일랑 물고 뜯는 바람 잇자국을, 그
바람 잇자국의 팍팍한 속울음도 못다 퍼낸 앉은뱅이꽃 무
릎베개 괴어주는,

 어느덧
 나이 든 산이
 오늘 저리 돌올하다.

* 두보 시 차용.

뜬금없는 소리 1
― 똥에 관한 한 연구

매화틀 똥통 타고 진똥 된똥 뒤를 본다.

  갓난아기 첫 울음 고사리 손 곰실대는 배내똥, 물기 없는 강똥, 뾰족한 고드름똥, 굵고 긴 똥 덩이를 똥자루라 한다던가. 둥쳐먹고 발라먹고 요리조리 눙치다가 배탈 나서 고대 쏟는 산똥, 한밤중 느닷없이 비상 거는 밤똥, 의뭉한 사람 시커먼 속내 드러낸 숯검정 삼똥, 속곳도 내리기 전 뿌지직 분출하는 물총똥, 눈치 못 챌 비행궤적 사방으로 똥물 튀는 분수똥, 구릿빛 느물거리는 자본주의 황금똥, 끊임없이 떡가래 감치고 감기고 서리서리 어깨동무 껴안는 퇴적층똥, 인동 당초 물풀 연화 매화 상감 철사 진사 화려한 문양에 화들짝 깨는 공작새똥, 딸기 참외 수박 오디 구렁이 새알 훔쳐 먹듯 으깨먹고 깎아먹고, 어매 지체 높은 나으리가 아그작 아그작 씹어 잡순, 온갖 과일 씨앗들 불꽃 놀 듯 부유하는 불꽃놀이똥이 뜨는구나. 괄약근 권력 끈에 뇌물 잘금 잘라 먹고 바나나 자르듯, 바나나 자르듯 잘라내는 바나나똥, 초례청 굿청 지나 말잔치 청문회 마당 이실직고할까 말까 세 치 혀 나불대다 마음 조려 애태울 땐 똥줄 탄다, 똥줄이 탄다. 똥 묻은 거시기 겨 묻은 거시기나무라는 똥바다, 무서워서 더러워서 피해가는 똥바다, 찌곱똥 생똥 피똥 물찌똥 활개똥 물렁똥 벼락똥 똬리똥 튀김똥 빨치산똥 오르가슴똥, 우라질 체면 퉤 퉤 퉤… 온 길섶이 똥바다 똥바다라.

감는목 꺾는목 푸는 판소리똥도 뜨는구나.

뜬금없는 소리 2

천둥이 번개 되고 번개가 벼락 되지.

도구통 들여다보면 무거리 같은 귀신, 떡시루 들여다보면 시룻번 같은 귀신, 잔칫상 들여다보면 찰떡 밑에 메떡 같은 귀신, 쓰고 남은 잔돈 부스러기마냥 몽땅 저질이고 시답잖고 푹푹한 속 찍자나 붙는 것뿐, 그런 귀신 모이면 장난판이 난장판 되고 난장판이 야바위판 되지. 산적 떼나 비적 떼나 불한당 떼나 파당 파쟁 패거리 우두머리 다 나와서 차포마상車包馬象 벌여 앉아, 술꾼 춤꾼 계꾼에다 선거꾼 낚시꾼 거간꾼 노름꾼에 개평꾼 난봉꾼 말썽꾼 도굴꾼 사냥꾼에다 빚쟁이 허풍쟁이 화류쟁이 바람잡이 넌덕을 떨고, 개나 걸이나 갯물 민물 없이 함께 흥청거리다 감투거리 빗장거리 낮거리 밴대질도 배우고, 자발없는 철부지 잡도리하드키 재우치고 다그치고 되곱치고 엉너리치고 능갈치고 둘러방치다

짝! 하니 생장작 패듯 복장 터지는 소리라니.

뜬금없는 소리 3

열은 끝이 있어두 아홉은 끝이 없는 수여.

하늘에서 가장 높은 디는 구민九旻이구, 땅에서 가장 높은 디는 구인九仞이구, 땅에서 가장 짚은 디는 구천九泉이여. 그 뭣이다 넓으나 넓은 하늘은 구만리장천九萬里長天이구, 넓디넓은 땅덩이는 구산팔해九山八海이구, 나라에서 가장 큰 관가는 구중궁궐이구 말구. 또 있다니께. 가장 큰 민가는 구십 구칸이구, 집구석만 컸지 살림살이 째고 쪼들리면 구년지수九年之水이구. 그 땜시 수없이 태운 속은 구곡간장九曲肝腸이구, 수없이 죽다 살았으면 구사일생이구, 그렇게 수없이 넴긴 고비는 구절양장九折羊腸이구, 어찌어찌 셈평이 펴이어 두구두구 먹구 살 만치 장만해뒀으면 구년지축九年之蓄이구… 열버덤 많은 수가 아홉인 겨. 아홉은 무한량 무한대 무진장을 가리키는 수가 없는 수니께. 암, 암.

열버덤 열 배는 더 큰 수가 아홉이구 말구, 참말루!

뜬금없는 소리 4

건 또 무슨 육개장에 보리밥 마는 소린감?

보리밥이 건건이는 더 들더라구. 피차 한 구름으로 갰다 흐렸다 허는 마당에 눈썹 하나 이끗 않구 말휘갑을 치다니. 일어서나 자빠지나 다 제 할 탓인 거. 이것 집적 저것 집적 덤병대구, 두메 고뿔이 서울 몸살더러 환약 써라, 탕약 써라 신칙할 일 아닌데도 기름진 소리나 허구. 허우대는 말매미처럼 미끈혀도 버르장머리는 좀나방 다음 가는 작자라니께. 말귀는 바늘귀보다 더뎌도 군소리 이삭 줍는 데엔 수가 익어서 금방 뚝배기 끓어 넘치는 소리 물색읎이 두런거리구, 새겨들으나 흘려들으나 꼭 소 같은 사람 말눈치 하나는 파발마擺撥馬보다 빠르다니께 그려. 암만… 남의 말에 귀 여리면 심은 논도 젭혀먹는 벱이여. 참 용도 허구 장도 허우. 겉만 두부모 같이 속은 순 도토리묵이네, 쯧쯧. 꽹과리 밑바닥엔 망치 자국이나 있구, 수숫대도 아래위 마디가 있는 건데 무슨 경오가 그 모양인 거, 그 모양이. 물에도 뼈가 있다구, 배짱이 땅 두께 같아도 한갓 허텅지거리여.

넌지시, 뒷짐 지고설랑 시먹은 소리 허들 말게, 허들 말어!

뜬금없는 소리 5

먹잘 것 없는 밴댕이 가시 많은 격이라나.

비지 사러 갔다가도 말휘삽 질펀허면 두부 사오는 벱이라구 허기야 허지만 참말이다, 참말이다 시부렁대는 것일수록 거짓부렁 투성이가 세상 풍속 아닌감? 살기가 팍팍허고 각다분허다보면 염치고 김치고 간에 꿀이 꿀같이 보이질 않구, 책 한 질 율법이 가득했어도 밥 한 주걱 무게만 같지 못혀. 알뜰히 대끼고 쓿은 쌀에도 종종 뉘가 섞이고, 까붐질 야물게 헌 보리쌀에도 간혹 돌이 섞여 지끔거리는 벱이여…. 재주는 점퍼쟁이가 넘구 재미는 양복쟁이가 보는 게여. 우리가 백 년 살아야 삼만 육천 오백 일인디, 길은 물음물음 가고 사람은 알음알음 만나는 게여. 암만…. 미운 벌레 모로 긴다구, 개살구 지레 터진다구, 보름사리 홍어 같으면야 상허면 상헌 대로, 성허면 성헌 대로 먹기나 허것지만 이건 원, 이건 원, 워디 삶어서 땟국 안 빠진 것이 대려서 땟물 나던 것 봤남! 어정칠월 개장국에 하루 잔 막걸리 후줏국만큼이나 시금털털해서 원….

익다 만 치자 빛 놀이 설핏허게 비껴 가드만

* 「뜬금없는 소리 2～5」는 이문구 소설 「우리 동네」 및 「내 몸은 너무 오래 서 있거나 걸어왔다」 부분 패러디.

뜬금없는 소리 8

구만 허구,
그 뭣이여. 이쁜이계,
그거나 좀 일러봐.

이르나 마나, 이쁜이를 이쁘게 수술허자면 목돈이 드니께 아낙들은 계를 허구, 계를 타면 수술을 헌다 이거라. 수술이나 마나, 집이는 병원에서 애를 낳았으니께 상관 읎을 겨. 병원서 낳으면 그 자리에서 츠녀 때처럼 좁으장허게 꼬매주거던. 그런디 우리는 워디 그려? 두 애구 시 애구, 애마두 집에서 낳았으니 이쁜이가 헐렁이 다 되었지…. 헐렁해진 이쁜이를 오리주둥이 같은 걸루다 떡 벌여놓구 양말짝 뒤집듯 홀랑 뒤집어설랑 좁으장허게 꼬매는 겨. 아따 제미, 시물니물 묵은 홍어 밑구녕두 식초 한 방울 떨어뜨리면 오동보동해지듯이. 워째서 암말 읎어? 툭허면 나가자구 온다구 바깥양반 구박헐 일이 아니라니께 그러네. 그 뭣이다, 이쁜이계가 산도産道를 초산 전 생김새 대로 돌이켜 주는 봉합 수술계여.

어떤감?
이녁도 솔깃 허는 겨?
가자미눈 뜨는 것이.

24

미황사 부도암

그래 조금 털어낼까, 세상사 일만 이내를.

부도암 가는 샛길이 온통 붉은 융단이다. 직박구리 낭랑
한 울음 잠든 숲 흔들어 놓고 후두둑 눈물처럼 처연하게
떨어지는 저 산동백! 떨어진 꽃을 밟고 꽃을 밟고 가기 저
어하여 미안타, 참 미안타, 피하려도 피할 길 바이없네.

내 막상 떠나는 길은 꽃의 뒷등 적시고….

흙신

묵고 살 건더기 없응께 내 몸땡이 달칠 도리배끼….

시방 시상 돌라묵을라는 사람도 둘러묵을라는 사람도 너무 많에. 벼슬한나 하는 작자들 거개 다 도둑놈 뺨쳐 묵제. 나는 둘러묵고 살 궁리 할라 해도 나 같은 놈한티 둘릴 사람 시상 천지에 없어. 암만…. 내 몸뚱이로 일해서 묵고 사는 거이 젤로 편해. 나 이날 평생 멍텅구리로 살아. 이 시상 사람 다 나보다 똑똑허지. 똑똑헌 사람 못 이기고 배운 사람 못 이겨. 징그라, 어매 징그라, 배운 사람 징그라…. 저번에 내가 병원 간다근께 영감이 돈 천 원 줌서 냉겨 오라그네, 냉겨 오라고. 얼매나 부애가 나서 오죽하문 내가 돈 천 원을 짜악짝 찢어서 포르르 날려부렀것어. 후우우 불어분께 풀풀 날라가불대, 금매.

죽어야 일도 그치것제. 촌 어매들 다 그려.

자식들 알간? 모르제. 돈 한 닢 벌라고 이리 일해.

부모는 뉘 부모든 다 자석 위해서 고생길 가. 진디고 마른 디고, 물이고 불이고 자석 위한다문 어디든 다 들어가. 자식들은 이 속 모르제. 알문 못써. 가심 아퍼라고 헌께 안 되야. 모르는 것이 약이제. 이녁 벌고 이녁 쓸 궁리만 허는 시상에서 아주 보물처럼 지니고 있는 거이 측은지심이제.
그러게. 내 말이⋯ 요새는 모든 거이 흔허디 흔헌디 인정
이 가물어, 인정이 가물다니께. 동동걸음 살아온 가파른
삶에서도 이 시상 흙같이 깨끗한 것은 없제. 질척거리며
달라붙는 흙더버기 털어내고, 털어내고 나를 지탱해온 흙
신⋯.

이 나라 봄 키우는 거이 흙신이제, 흙신이제.

---

* 남인희 · 남신희의 「헌 신, 또는 헌신(獻身)」 패러디.

만재도*의 봄

보리 여물 때 홍합도 뽀작뽀작 여물제라.

　아홉 무새 열 무새에 물이 많이 써. 그란 때 사릿발에 파
도만 조용하문 홍합을 해. 물땐디 안 나가문 엉덩이가 근
질근질하제. 빈창(빗창)으로 홍합 따고 헝서리(망사리)에 담
고. 허리 펼 새 없이 쉼 없는 반복이제. 홍합은 물 많이 썬
디 독에 붙어 있어. 파도를 이김서 붙은 것이라 언능 쉽게
안 떨어져. 힘이 씨어. 힘을 왕창 써야 내 것으로 갖고 와.
파도가 데꼬 갈라고 해도 우리는 절대 안 따라가, 안 따라
가…. 허리가 휘청하게 물빨이 쎄고 쎄제. 물빨이 쎈 만큼
씨알이 굵고 맛이 야무져. 근께 홍합 하기가 다 사나. 홍합
벌이는 언능 헌성 불러도 고생이어라. 물살이 달라 들고
형편 없제. 추와서도 못하고, 나이 묵은 사람은 하도 못해.
암만…. 깐딱하문 씻겨 내려가 죽제.

　오늘도 길 없는 길 헤쳐 파도 속에 온몸 던져.

* 전남 진도군 흑산면에 있는 섬.
* ≪전라도닷컴≫ 2015년 4월호 8~13쪽 참고.

28

뜬금없는 소리 10

이녘은 가끔 헛바늘 슨 디다 통고추 쩌개 붙이는 소리만 통통 허더라.

뭣이나 마나, 그것두 아닌 게네. 워떤 이는 마름버덤 연밥이 낫다구두 허구, 워떤 이는 생선 내장이 구만이라구두 허데만, 하여거나 수캐 가운뎃다리만 비싸서 못해 봤지 웬만헌 건 죄 장복을 시켜봤는디두 원제 그랬더냐 허구 그냥 가물치 콧구녕이라. 알게 모르게 비암은 또 얼마나 잡으러 댕겼간디. 비암이나 마나 무슨 효과가 있구서 말이지. 누구네 압씨는 비암 마라나 먹구부텀 우뚝우뚝헌다는디, 그이는 두 말 허면 각설이지. 달아지구 대껴진 것두 다른 건 다 그런 개비다 혀두, 빙충맞은 홍어 거시기처럼 고개 숙여 축 늘어지구, 풀 꺾여 시르죽구, 히마리 읎이 흐늘흐늘 늘어진 꼬락서니라니…. 네미랄, 부르튼 소리도 남우세스러워서 원.

그 숙맥 가물치 콧구녕을 쓰긴 워다다 쓴다나?

뜬금없는 소리 13

냄의 짐작 팔십 리가 내 가늠 칠십 리여.

비 때 비 주구 눈 때 눈을 주는 하늘두 우리를 안 쇡이
구, 쌀 때 쌀 주구 보리 때 보리를 주는 땅두 우리를 안 쇡
이는디, 하물며 사람 것들이 우리를 쇡여? 여러 말 허면 지
입만 베리겠구. 가무죽죽헌 상판이 코쭝배기에 제비똥 떨
어진 늠처럼 잔뜩 으등그러지구 지르숙은 게 팔모루 봐두
오종종헌 싸가지드라 이 말이여, 내 말은. 말이 싸면 입이
래두 애껴야지. 건넌방에 사돈 두구 감투거리허다 빗장거
리루 도는 소리마냥, 같은 말을 혀두 저리 에둘러서 비사
쳐 말허면 그게 워디가 얼마나 다른감. 가는 구름에 비 맞
은 장단 있구 오는 구름에 서리 맞을 가량두 못허면 그것
두 생물이여? 병든 소리개 죽으니께 대신 까ㄲ매 날치는
꼴이라니. 오나가나 갑갑헌 사람 깜깜헌 소리 줄창 허들
말구,

그냥 그 아닌 보살허구 물러앉아 있을 겨?

뜬금없는 소리 16

굿판 가녘 화톳불에
구경꾼
볼이 익는다.

어따 그놈 입방정 한번 더러운 줄 알았더니만 방귀 냄새
도 상종을 못하겠구먼. 어름 밑에 얼씬거리지 말고 썩 비
켜서라, 비켜 서. 여기 있는 나로 말하면 경기 안성 땅 내
로라하는 대갓집 둘째 자제분 기둥서방 삼았었지. 허나 내
행적이 좀이나 더럽고 지저분한가? 몸 볼 때 차던 개짐 글
방 앞에 끌러놓기, 밥 푸다가 수둥니 잡기, 머슴 잡고 어리
광 떨기, 코큰 총각 동이 술에 섬밥 지어 대접하기, 밤이면
마을 돌고 해 뜨면 낮잠 자기, 곡식 퍼내 떡 사먹고 속곳
벗고 그네 타기, 젊은 중놈 불러놓고 허짤배기소리하기,
개흘레 붙는 자리 턱 괴고 군침 흘리기, 상인 잡고 허벅지
보이기, 우물가에서 뒷물하기, 망부석에 된똥 싸기, 상두
꾼 괴춤 헐기. 암만…. 남의 서방 기물 자랑, 방사하는 데
문 활짝 열기, 밋남진* 뒤에 두고 샛서방 보고 남의 집 축
담 위를 풀방구리 쥐 드나들 듯 하다 쌍벌죄로 조리돌림
마을에서 쫓겨나고 굿중패에 들었는데, 들었는데,

이 풍상
저 풍상 다 겪고도
재딤 하난 설판지대.

* 본남편.
* 김주영 소설 「객주」 패러디.

하늘, 부황나다

납덩이같은 더러움은 흙먼지 더러움이 아니었다.

달리는 차들 하나같이 꽁무니로 오징어 먹물 뿜어냈다. 버스가 멈췄다 떠날 땐 보건소 소독차가 흰 연기 토해내듯, 토해내듯 검은 매연 게워냈다. 달리는 버스들이 허리께까지 불완전 연소 그 독한 공기 속에 묻혀 갔다. 땅 위에 서있는 사람들 키 높이 두께로 아황산가스 일산화탄소 탄산가스 미세한 입자가 안개처럼 자욱이 깔려 있었다. 무진기행霧津紀行 오리무중五里霧中, 오리무중 무진기행…. 버스를 탄 손님 무릎께, 아니 허리께, 아니 가슴께까지 안개가 출렁거렸다. 이따금 한 가닥씩 고개 쳐들고 불길처럼, 똬리 튼 살무사처럼 위로위로 치솟아 올랐다.

하늘도 흐브딕딕한, 부황난 몰골이었다.

* 서정인 소설 「달궁·둘」 참고.

서울 쥐와 시골 쥐

문득 오늘 이솝*이 나와 우화寓話 한 됫박 부려놨지.

　서울 쥐 찾아온 시골 쥐는 난생 처음 벌꿀 건포도 빵 치즈를 먹게 되었지. 논두렁 밭두렁을 더트며 두루 더트며 보리 이삭 벼 이삭 줍고, 물갈이 마른갈이 주린 배 움켜쥐던 시골 쥐는 너무너무 황홀하여 운을 뗐지. 자네는 대통령 부럽지 않게 지내네 그려. 이런 맛깔스런 식탁은 내가 먹는 건건이와 비교도 아니 되네. 후유 한숨 내쉬는 순간 드르륵 미닫이문 열리고 개숫물 쏟아지고, 밀감 빛 식은 햇살이 담벼락 기웃거리고, 갑자기 고양이 습격 받은 두 쥐는 맛 좋은 성찬 버리고 줄행랑 칠 수밖에, 우르릉 벼락 불 튀듯 줄행랑칠 수밖에. 억장 무너진 가슴 쓸어내린 두 쥐는 장하는 너름새로 무화과 마른 열매며, 또 무슨 초 친 맛인지 입을 다시는 순간 이내 달려온 고양이에게 쫓겨야만 했지. 맛 좋은 음식 먹다가는 쫓기고, 먹다가는 쫓겨야 하는 서울 쥐와 시골 쥐. 한숨 후유 내쉰 시골 쥐는 이것 보게, 나는 시골로 도로 가겠네. 기름진 음식을 속 휘지게 쫓기면서 먹기보다 맛은 없어도, 어석버석 맛은 없어도 흘깃흘깃 곁눈질 아니 하고 밀 보리 건건이 한 끼 허리띠 풀어놓고 먹을 수 있는, 귀 빠진 시골집으로 되돌아가겠네.

오금에 비파를 타는, 시골 쥐 불알 짤랑짤랑!

* 그리스의 우화 작가. 그의 작품 가운데 「읍내 쥐와 시골 쥐」가 있다.

니시키 고이*

1.

저녁 한 끼 물경 490만 원 황금밥상 받은 사내가 있었대.
비싼 거라면 누구나 다 오금 펴지 못하는 세상, 웬만큼
비위 좋은 작자래도 아뿔싸 놀라 까무러칠 지경이었다지.
어느 재벌회사 사장 댁 '살아 움직이는 장난감' 니시키 고
이는 희한한 재주 곧잘 부렸으므로 비쌀 수밖에, 숫처녀
불알 만지는 만큼 비쌀 수밖에, 비쌀 수밖에⋯. 호루라기
불면 일렬종대 사열하고, 피아노 가락 잡고 고고춤 흔들어
대다, 황금 비늘 반짝이며 엉덩이 맞비비는 범프춤 껍죽대
고 음일설탕淫佚褻湯 노닐다가, 노닐다가, 노랑 빨강 꽃등
켜든 화려한 그 몸짓은 연못 속에 유화 물감 풀어놓은 듯
별의별 도통지경 조건반사 연기했다지. 한 마리 70만 원짜
리 요물단지 니시키 고이 일곱 마리나 수입해 넣은 현관
연못 수리하게 되었다지. 미처 시멘트 독성 헹궈내지 않은
채 연못에 바로 니시키 고이를 넣은 게 병통이었대, 병통
이었대. 굽 낮은 파도에도 멀미하는 노을처럼 황금 비늘
반짝이던 비단잉어 가느스름 실눈 뜨고 슬픈 듯 슬픈 듯
가쁜 숨 몰아쉬다, 하늘 기스락 별똥별 훔쳐보다, 꼴까닥

적멸보궁 들고 말았대.

지는 꽃 물속에 투신하듯 적멸보궁 들고 말았대.

2.

뜬금없이 무너지는 한 왕조王朝 적막이 그러했을까?

애꿎게도, 참 애꿎게도, 하룻밤 새 살아 움직이는 요물들이 떼죽음 당하고 말았다지! 비싼 거라면 누구나 다 오금 펴지 못하는 세상. 고사리 미나리 청양고추 실파 양파 시래기하며 갖은 양념 버무리고 밤 대추 호두 지단 실백 실고추 울긋불긋 꽃의 뒷등처럼 고명 두른 비단잉어찜이, 물경 490만 원 비단잉어찜이 오른 황금밥상은 아무도, 뉘 아무도 거들떠보지 않았으므로 재벌 댁 하바리 운전기사 보란 듯 독상 차지했다는데

아, 글쎄 퍽퍽하고 푸석한 그날 그 황금밥상에 입맛만 왕창 잡쳤다나.

* 일본산 비단잉어.

신검神劍

*팽팽한 긴장감이 대장간 가득히 차오르고 있었다. 신검이 탄생
하는 순간은 동녘 하늘에 순금의 광채만 가득히 어려 있었다. …
순간, 벌겋게 달아 있던 칼이 움찔하고 몸을 한번 뒤채였다.*

— 이외수 소설 「칼」에서

야하압! 날카롭게 바람 가르며, 가르며
한 줄기 푸른 섬광 번개처럼 춤추었지.
모조리 내 실핏줄이 자지러지고 자지러졌지.

신검神劍 우는 소리 듣고 무사武士가 고개 들었지.
백 개 칼 재단하고, 백 개 칼 부러뜨리고, 한 치 틈도 허
용 않는 만 번 담금질했지. 만 덩이 숯 재가 되도록 풀무질
거푸했지. 달아오른 칼빛으로 이글거리는 메질꾼 눈, 살과
뼈 칼 속에 넣고 정신을 정신없이 두드리면 시간의 강물도
낮과 밤 가로질러 소리 죽여 흘러갔지.
하늘엔 새털구름 자락 초가을 비질했지.

번뜩! 살기 섬뜩했지, 작고 날카로운 신검은.
쇠를 칠 때 한 번, 쇠를 식힐 때 한 번, 숫돌에 칼을 갈 때
한 번 피를 먹였지. 물고기 비늘 퍼런 야생野生의 빛 번득
이는 그 신검, 초사흘 청명한 초승달 날같이 예리한 그 신
검. 부르르 칼이 울었지. 머리맡에 놓아두면 먼 강물소리

산을 치고, 산을 깨운 산울림이 자명고 우는드키, 자명고
나 우는드키 한 시대 정수리를 내려찍고…. 불어 날린 터
럭도 끊는 취모검吹毛劍이 부르르 떨었지. 뜬구름 자른 칼
이 울고, 무지개 가른 칼이 울고 사방에 검기劍氣 퍼져나가
나뭇잎 스산하게 흔들리고 꽃잎 어지러이 흩날리고, 가난
한 자도 일어서고 힘없는 자도 일어섰지.

쨍! 하고, 우는 칼 소리 이슬방울 퉁겨냈지.

제2부

대흥사 속 빈 느티나무는

하 무더운 한여름 밤 네댓 아낙 놀러 나왔지.

대흥사 피안교彼岸橋 밑 으늑한 개울가의, 말추렴 반지빠른 마흔 뒷줄 아낙들이 푸우 푸 멱을 감았지. 유선장 감고도는 가재 물목 돌팍 위에 웃통이며 속곳이며 훌훌 벗어 던져 놓고 멱 감았지, 멱을 감았어. 미어질 듯 풍만한 샅이며 둔부 이리 움찔 저리 움찔, 출렁거리는 앞가슴을 홀라당 드러내고 멱을 감았지. 접시형 젖가슴에 원뿔꼴 유방하며 반구형 사랑의 종 감긴 달빛 풀어내고 물장구 첨벙첨벙 멱 감는 아낙네들 곁눈질하던 저 느티나무, 아니 볼 것 훔쳐다 본 자발없는 관음중 느티나무. 벌거숭이 여인네들 속살 몰래 보기 송구하여 아으! 타는 가슴 쓸어내리다, 천년토록 쓸어내리다,

휑허니 도둑맞은 드키 속이 저리 비었대.

백련꽃 사설

얕은 바람에도 연잎은 코끼리 귀 펄럭이제.

연화차 자셔 보셨소? 요걸 보믄 참 기가 맥혀. 너른 접시에 연꽃이 쫙 펴 있제. 마실 땐 씨방에 뜨거운 물 자꾸 끼얹는 거여. 초파일 절에 가서 불상에 물 끼얹대끼. 하나 시켜놓고 열 명도 마시고 그래, 그 향이 엄청나니께. 본디 홍련 허구는 거시기가 달라도 워느니 달러. 백련 잎은 묵어도 홍련 잎은 못 묵거든. 연근은 둘 다 묵지마는 맛이 영판 틀려. 떫고 단면이 눌눌한 것이 홍련이제. 백련 뿌리는 사각사각하고 단면도 하얘.

백련은, 진창에 발 묻고설랑 학의 날갤 펼치제.

* 강신재, 「우리 마을 이야기(전남 무안군 일로읍 복룡 백련마을)」 재구성.

뜬금없는 소리 17

설 휘어진 갈퀴처럼 삐딱한 대거리라니!

먹다 내친 대궁상에 혀 드밀 작정인가? 화초방 설레꾼에 살돈 틸린 주제로다. 삼순구식三旬九食 못한 각설이패 몰골이라 솔소반에 먹다 남은 부침개 같은 녀석, 섶 지고 불에 뛰어든 격이지. 방귀 소리 나던 엉덩이 거문고 소리가 날까. 행색이 언 수탉 같아서 부질없고 부질없이 칼 물고 뜀 뛰지. 도깨비는 방망이로 조지고, 귀신은 경經으로 쫓는다나. 기둥 치면 대들보가 울리듯이 울리듯이, 간롱 떨고 알랑수 부리는데…. 에키, 이 아갈잡이할 사람. 아수라 정치마당 풍각쟁이 너름새로 도리깨춤 뒷북치다, 뒷북 그리치대다가 이전투구 쌈박질에 늘어지고 구부러지고 엎어지고 처박히고, 까지고 벗겨지고 매달리고 찢어지고 터지고 으깨지고 암만…. 부살이 뻐근하도록 속 지르다 넘어지고, 깨지고 뭉개지고 거꾸러지고 젖혀지고 비틀어지고 부러지고 휘휘낭창 휘어지고, 저만치 돌무덤에 개차반 팽개쳐져

열명길 문턱에 걸린 북두갈고리 손떠귀로.

뜬금없는 소리 19

자빠져도 코 깨지는 게 세상 이치 아니던가.

백노 모르고 침통 흔드는 격이요, 또아리로 샅 가리기지. 그놈들 엉뚱하긴, 상여 매고 가다 귀청 후비는 꼴이라니. 이건 또 웬 섣달에 튀어나온 메뚜기 같은 떨거지인가? 설삶은 말대가리 잡배가 불쑥 나타나선 훼방인가, 훼방이. 거북이 잔둥에서 털을 뽑지, 털을 뽑아. 구멍 파는 데는 칼이 끌만 같지 못하고, 쥐 잡는 데는 천리마가 고양이보다 낫지 못하지. 아무리 인정물태가 후지다 한들 복쟁이 이를 갈 듯 소름 끼치는 소리 풀풀 해대고, 미련한 녀석 가슴에 고드름이 안 녹더라고. 대저 강이란 강은 그 시작이 있고, 시작이 있으므로 그 끝 간 데가 있게 마련이지. 무자리가 무자리 낳듯 죄가 죄를 낳는 법이지. 암만…. 동짓달 자리끼같이 싸늘한 세속에서 키잡이와 삿대잡이 싸워보았자 뱃길만 험할 뿐이야. 차라리 인왕산 차돌이나, 차돌이나 주어다 삶아먹지 뭐람!

고양이 불알 앓는 소리, 그만 두게 그만 둬.

46

뜬금없는 소리 20

#1.

맛보시오, 맛보는 데 품 달란 소리 않을 테니.

젓 사려, 새우젓 사려. 초봄에 담는 쌀새우는 세하細蝦젓이요, 이월 오사리는 오 젓이요. 오뉴월에 담는 육젓이요, 가을에 담는 취[秋]젓이요. 겨울 잔 새우는 동백하冬白蝦젓, 전라도 영광 법성포 중하中蝦젓 사시오. 홍합젓 소라젓 꼴뚜기젓 조기젓 황석어젓 곤쟁이젓 멸치젓 성게젓 갈치 창자젓. 중고 처녀 엉덩이만 만져도 군돈 치르는 판국, 황차 남의 젓독에 개짐 빨던 손 넣었다 뺐었다 흥정 없이 그냥 돌아서도 좋시다. 젓갈 사시오, 맛깔나는 젓을 사시오.

제물포 안산 바다에서 그물로 올린 밴댕이젓.

#2.

서산 어리굴젓이요, 명천의 강대구요.

이원 문어들 사시오. 보령 대합大蛤이요, 눈 어두운 사람 울산에서 나는 석결명石決明 전복들 사시오. 경상도 홍합이요, 까마귀와 원수지간이요, 천 냥 빚 갚아주는 오징어[烏賊

魚가 있습니다. 뼈만 없다면 남 주기 아까운 준치도 있습니다. 잘 먹으면 액땜이요 못 먹으면 사람 죽이는 복쟁이 사시오. 부샅에 오령소리 나듯 어서들 들여가시오. 알쏭달쏭한 세상 알쏭달쏭 살아야지. 차 떼고 포 떼고 나면 이문이고 쥐뿔이고 건질 게 없는 장사. 자, 어서들 들여가시오.

용의 간, 봉의 골만 빼곤 없달 게 없는 팔도진미요.

* 김주영 소설 「객주」 일부 패러디.

48

뜬금없는 소리 21

높새바람 성깔 보게,
지붕 물매 핥고 가는.

발걸음 허공에 뜨고 물걸레 풀어진 삭신, 천상 시러베장
단에 호박죽 끓이게 됐군. 보고도 못 본 척, 듣고도 못 들
은 척 오불관언吾不關焉 엿 문 벙어리처럼 풍진세상 이녕泥
濘 속을 해포이웃 살아오며 찬바람 내처 안고 성엣장 건너
고 강 굽잇길 쉴 참 없이 톺아왔네. 냉천 은어 뱃바닥같이
손가락 하얀 녀석 복장 지르네 그려, 복장 질러. 수양산 그
늘이 강동 팔십 리더라고 한물 건너온 턱찌끼로라도 그 신
관을 자세히 보게. 허여멀건 허우대가 풍년 두부 아닌가.
소나무 감로甘露가 떨어져 땅속에 들면 천년 묵어 복령茯笭
이 되고 구기자枸杞子 천년 묵으면 사람보고 짓는다는데,
이 반죽 좋은 녀석 좀 보게. 어허, 여드레 삶은 호박 도래
송곳 안 들어갈 말만 줄창 하네 그려.

어둑발
사르르 내려
마른 귀를 후비고.

뜬금없는 소리 22

그것 참
실없기는
설 선 머리 무쪽겉네.

입은 모로 찢어졌어도 침은 바로 뱉으랬지. 왜 한 발 앞
물정만 알고 열 발 밖 속어림은 못하는가? 주먹심 뻗댄 재
물은 흐르는 물에 띄운 뜨물 같아서, 뜨물 같아서 괴는 맛
이 없는 게여. 어혈 든 낮도깨비 개울물 퍼마시듯, 장마철
낮도깨비 여울 건너는 소리로 속 지르고, 속 지르고, 뒤설
레 치고 물덤벙술덤벙 물색없이 들쑤시네, 그려. 몰골은
아직 비 맞은 메추리 꼴, 곰삭은 젓갈 같은 몸 비린내 동천
하고 덤베북청 반거충이 행색 동취 냉큼 못 지우고. 네 놈
그 거시기엔 풍잠風簪이 달렸는가? 암만…. 망치가 가벼우
면 못이 움찔 솟는 게여. 양반인지 좃반인지, 허리 꺾어 절
반인지, 개다리소반인지 마른 땅에 새우 튀듯 아주 자반뒤
집기로 분요紛擾를 떨고 있네, 그려. 벼락 치는 하늘도 속
일 짓거리로 선웃음 풋장담 가탈 그리 부리다가, 가탈 그
리 부리다가, 이제 서리 맞은 구렁이 다 되었네. 개천에 용
이 떨어지면 각다귀가 덤비는 법, 칼이란 건 겁먹은 이에
게나 위엄이 있는 게여.

고통은,
복수를 벼리는
눈먼 칼날 되는 게여.

어둑새벽 노들강변

굽도 젖도 할 수 없는 바람 발샅 물집 잡힐라.

희붐한 미명 묻어오는 어스름 새벽녘에, 소소한 강바람
이 소매 끝 흩어진다. 여뀌 풀 갈대하며 어우러진 노들강
변, 문득 하늘색 무너지는 노들강변 굽도리 따라 샛바람
일렁일 적 갈밭머리 물안개가 허연 뱃바닥 뒤척이고, 뒤척
이고, 물여울 주름 접었다 펼쳤다 무넘기 넘실 남실 헹가
래 치는 그 참에

팔 깍지 끼었다 푸는 속빛무늬 이승이라니!

영산도 미역귀

귀가 굵어, 잘 컸구만. 꽃보담 몇 배 이뻐제.

이파리 너풀너풀 떡미역 아니 아니고 파도 센 곳 야무지게 줄기 뻗은 가새미역(일명 쫄쫄이), 바위 벼랑 게우 붙잡고 한 치 한 치 몸뗑이 불린 가새미역, 고걸 한 옹콤 거머쥐면 겁나게 오지고 이뻐, 아먼. 난바다 물살 사납고, 물안개 저리 아득허고. 미역 베는 일 파도를 이기는 일이여. 엥간히 놀 헐 때는 나와야제. 물때 따라서, 볕 따라서 헌께 떼배라야 암암 절벽 미역밭에 대놓고 그걸 따가지고 오제. 쪼깨 더 키워갖고 빌라고 애낀 것인디 금매, 금매 어짜끄나. 우리 자석들 먹이고 갈친 미역인께 이뻐고 말고. 아먼, 아먼⋯. 부모네는 어쩔 수 없제만 자석네들 모른 자리 앙거서 붓 때래잡고 고실고실 살그라 했제. 그 땜새 목숨 내걸고 미역밭에 나오지라.

이 세상 이뿐 것 가운데 미역귀가 제일이제.

* 남인희 · 남신희 「영산도의 여름」 참고.

탕 탕 탕, 주물주물

햇볕 짱짱한 날 한바탕허고 나문 속이 다 씨언해.

　우리는 요라고 툭 트인 데서 꽝꽝 씨언허게 뚜들김서 살
아. 근께 가슴 속에다 쪼깨라도 서운헌 것 옹그리고 간직
허들 못 허고말고…. 사람 사는 집에 짐생이 있제라. 그것
이 '업'이라요. 짐생이 집에 있는 독毒을 쏵 가져가분다요.
동네 시암물도 비얌이 멱 깜아야 약이 된다요. 사람 모르
게 한 번씩 모욕을 허겄제라. 시상에 귀를 씻는 노인이 없
다면 누가 요와 척을 알라*? 세무세이옹世無洗耳翁 수지요
여척誰知堯與蹠 했드키 도둑 척蹠이 성인군자인 양 요堯 행
세를 하려 드는 시상이제. 하먼, 하먼…. 귀를 씻는 노인
허유許由처럼 돈에도 권세에도 굽히지 않고 귀를 더럽히는
말은 모두 씻어내야 큰 도둑 물리칠 수 있는 시상이여, 아
먼.

　탕 탕 탕 빨래 뚜들김서 폭폭한 속 풀고 그래.

* 이백 「고풍古風 24」 인용.
* 《전라도닷컴》 2015년 7월호 10~17쪽 참고.

몸공

뭣이다, 미치문 되지라. 줄에 미치문 된다니께.

엉킨 실타랜 풀어내도 노 엉킨 건 어찌 못한다. 가난도 궁상도 아닌 대바늘 몸공이다. 폐포파립弊袍破笠 해진 옷에 찌그러진 갓일망정 꼭 쓰일 자리 놓인 쓸모. 몹쓸 것 하 많고 많은 이 몹쓸 세상 여기저기 콜록거리는 육백수 칠건달처럼 헌 자리, 덧댄 자리, 꿰맨 자리, 축난 자리, 하고많은 이생인가. 코와 코를 다잡아 매고 어섯눈 구멍 잇는 고기그물 코바늘 뜬다. 꾸밈이란 티끌도 없는 표표한 얼굴 반나마 들고 베를 짜듯 베를 짜듯 그물 짓고 또 꿰맨다. 그물 깁는 몸공 흔적, 속기俗氣 없는 낯빛 직녀織女 그 몸피 다 닳도록 누비고, 호고, 감치고, 박고, 공그리는 억척스런 몸공이라, 몸공이라…. 그물코 하나하나 바람 태운 금빛 비늘 맥놀이 널을 뛴다.

뭣이다, 미치문 되지라. 줄에 미치문 된다니께.

---

* ≪전라도닷컴≫ 2016년 5월호 「꿰매다」 참고.

뜬금없는 소리 23

밑술 한 잔 풍각쟁이, 바가지 장단 홍 돋운다.

춘천이라 샘밭장 짚신 젖어 못 보고, 홍천이라 구만리장 길이 멀어 못 보고, 이 귀 저 귀 양구장 나귀 많아 못 보고, 한 자 두 자 삼척장 배가 많아 못 보고, 명주 바꿔 원주장 값이 비싸 못 보고, 횡설수설 횡성장 발통 많아 못 보고, 이 통 저 통 통천장 알 것 많아 못 보고, 엉성드뭇 고성장 심심해서 못 보고, 이 천 저 천 이천장 개천 많아 못 보고, 철떡철떡 철원장 길이 멀어 못 보고, 영 너머라 영월장 담배 많아 못 보고, 정들었다 정선장 울다 가다 못 보고, 땔 나무 많은 화천장 떼꾼(筏軍) 많아 못 봤지. 양식 팔아라 양양장 곡식 많아 못 보고, 이제 와도 인제장 다리 아파 못 보고, 울퉁불퉁 울진장 울화 터져 못 보고, 안창곱창 평창장 술국 좋아 못 봤네. 서서 본다, 서울장 다리 아파 못 보고, 아가리 크다 대구장 너무 넓어 못 보고, 이 산 저 산 양산장 산이 많아 못 보고, 울울적적 울산장 답답해서 못 봤네. 어절씨구 잘한다, 푸짐하게도 잘한다. 엉덩이 궁싯거리고 흐벅지게 잘한다.

장타령 바람 몰이에 입장고도 걸쭉하다.

* 김주영 소설 「객주」 패러디.

뜬금없는 소리 24

가탈 부린 잔고기가
가시 세다 하였다네.

이러다간 오지랖에 창피만 톡톡히 싸 가게 되었지. 돌팔매 이내 던지면 맞을 것 같이 지는 해는 가까이 이울어가고, 는개 먹은 저녁바람 물 위로 잦아들다 잦아들다 불알 차인 나귀 뛰듯 물나들 건너간다. 허, 이거 측간 앞에서 사돈 만난 꼴이라니! 사색이 된 낯짝은 흡사 엎어진 죽사발, 하늘 쓰고 도리질해도 분수 나름이지. 역발산 기개세로 덮쳐오는 무안 덩이 내리지 못해, 냉큼 그리 내리지 못해. 그 단박 오지뚝배기 깨지는 소리 결기 벌컥 긁어 올리고, 울컥증 도질 땐 가랑잎에 불붙듯이 길길이 날뛰는 행패거조라. 고목낭구 갈고랑낫이지 그게 뜻대로 될 리 만무지. 암만…. 대궁밥에 푸새김치 세월 그리 축내고는 진잎죽 먹고 잣죽 트림 한 번 하게 생겼네. 아니, 아니 소가 웃다 옆구리 터지겠네. 씨팔!

차 치고 포 치는 세상,
인성만성 꾀어드네.

뜬금없는 소리 25

네거리 한복판에 솥찜질[釜刑]* 형벌이라.

발서슴 번다한 거리 높다랗게 서까래 받치고 솥찜질 가마솥 걸었어. 무쇠솥 속 죄인 밀어 넣고 장작불 지피는 시늉, 행형行刑 고대 끝나지만 정작 죄인에게 내려지는 형벌은 이제 막 시작이었어. 솥 속에서 끌려나온 죄인 손끝 하나 다친 곳 없는 멀쩡한 위인이되 이미 살아있는 사람대접 못 받았지, 못 받았어. 두 눈 멀쩡하게 살아 있는 시체는 살붙이에게 넘겨지지만, 가솔들은 산 죄인 염殮하고 영구靈柩하여 집으로 돌아오지. 목숨은 살아 있되 이미 저승사자 귀록鬼錄에 오른 터라 저자에 나가 물건 사도 물대 받을 요량 않고 흥정을 하자 해도 귀신이라 상종하려 들지 않았어. 외입질하려 해도 해웃값 마다 했지. 사람 형용 가졌으되 사람대접 받지 못해 이는 차라리 지게작대기요, 죽은 재에 불이 살아날 리 만무였어.

목숨은 살아 있으되 이미 귀록에 오른 터라.

* 조선시대 솥찜질은 대개 탐관오리와 그에 연루된 양반들에게 내린 형벌.
* 김주영 소설 「객주」 일부 패러디.

뜬금없는 소리 26

꽃게나 방게나 뭐
게걸음 치긴 매한가지.

재수 없는 선 포수 곰을 잡아도 응담 없고, 재수 없는 당
달봉사 괘문卦文 노상 외워 둬도 개좆부리 하는 이 없는
법. 언제나 무궁 세월 소태 같은 세월이라 남는 건 맨손바
닥 맨주먹뿐, 그 꼴이 무슨 꼴이람. 죽 쏟고 뭐 데이고, 귀
싸대기 맞고 뭣 버리고, 아침밥 거른다더니만…. 낙태한
고양이 낯짝하고설랑 이제 와서 뉘우친들 죽은 자식 그것
만지기지. 암만…. 언청이 아가리에 토란 비어지듯 고것
참, 고것 참, 얼간망둥이 꼴로 주책없이 껑충거리긴. 제 돈
칠푼은 알고 남의 돈 열네 닢은 모른다는 수작이군. 한 치
벌레에도 오 푼의 결기가 있는 게라네. 까마귀 똥도 닷 푼
이요 하면 물에다 갈기더라고 등치고 배 문지르는데 이골
난 아전관속 요사妖邪로, 요사로 사는 게 세상 이치 아니던
가? 꽃게나 방게나 뭐 게걸음 치긴 매한가지. 손돌이바람
지나고 난 쇠전머리 파장마당 장대로 하늘 재는 허욕일랑
내려놓고, 삿된 허욕 다 내려놓고,

농우소
영각 켜는 소리
작작하게, 작작해.

뜬금없는 소리 27

받고 채는 흰소리로야 별인들 못 따겠나.

올곧잖은 수탉처럼 걸핏하면 볏 세우고 덤벼드네 그려. 메기 잔등 뱀장어 넘어가듯 매끄러운 언변으로 면박에 오금 박고, 간담 작은 사람 덴겁하고 주눅 들일 판이네. 산전수전 다 겪은 갈가마귀 우물 안 개구리에 허술하게 발목 잡힐 줄 아나. 엎어진 작자 절구질하기 앉은 말 타기 아닌가. 횃눈썹* 옴팡눈에, 메주볼 송곳턱에 관자놀이 수염 자국 가무잡잡한 걸 아주 날것으로 다비茶毘를 치러 줄까? 늙은 고양이 달걀 굴리듯 뉘를 가지고 당겼다 놓았다가, 밀었다 제쳤다가, 올렸다 내렸다가, 욱대기다 어르다가 얼혼 다 빼놓는 게야. 반죽이 저만 하면 절간 가서도 비웃자반 얻어먹을 위인이로세. 볼일 다 보았거든 객담 말고 냉큼 사라지게, 사라져. 괜히 한 판 을러볼 요량으로 남의 콩밭에 못 박지 말고. 암만…. 말로 추임새 넣고 밑바닥 기는 시능 분수도 여북할까, 여북할까. 냉수 먹고 갈비 트림하는 을사조약乙巳條約 악몽 같은 '갑甲 을乙' 관계 찌그러진 안면 근육 꼭뒤까지 치민 화증 쓸어낼 재간이 없네. 문門이 바른 집은 써도 입 바른 사람 못 쓴다 했네. 시비곡직 경위

따지고 소명한 체하면 우환이 따르는 법. 허 허, 이 꾀바른 '갑'. 아침까치마냥 조잘조잘 야로 부리고 있네. 그래 봤자 대부등大不等에 곁낫질이지. 끝내 진대 붙이고 수제비태껸 하고 들텨? 당장 인두겁 벗겨 산적을 꿸까 보다.

배젊은 '갑질'의 시건방, 가리산지리산 말이 많네 그려.

* 가장자리가 치켜 올라붙은 눈썹.

뜬금없는 소리 28

벼룩도 이마가 있고 하루살이도 뒤통수 있는 게야.

몰라도 그만 알아도 그만인 게 이생 아닌가. 아는 게 망통이면 모르는 게 장땡이지. 흔한 말 흔케 쓰다보면 허텅지거리밖에 안 돼! 이런 쉬파리같이 얼척없는 사람 보겠나. 어디서 털 뽑히고 예 와서 신소리야, 신소리가. 그래 무슨 억하심정으로 짓밟아 비렁뱅이 쪽박 깨듯 하느냐, 그 말이야. 이 인간이 시방 누구를 도루묵으로 아나 본데 말세, 말세 해쌓더니만 말세가 이냥 저냥 싸게 올 줄 아는 모양이지. 이승이 난세이고, 난세가 병세이고, 병세가 잡을세라. 민망스럽긴 아랫목 메주 체면에 뜨다만 메줏덩이 내던지는 소리, 말머리 말꼬리에 피가 맺힌 소리, 말은커녕 토도 안 되는 소리 작작하게, 작작해. 아니꼬운 뱁새눈 뜨고, 으레 지레 질려 나오는 그 입 발린 소리 작작하게 작작해. 이미룩저미룩하다 비린 것 한 점, 누런 물 한 방울 구경 못하고 맹물에 맨밥 말아 맨입으로 먹는 처지밖에. 소식이 깡통이고 기별이 병마개라, 병마개라, 개 헛바닥같이 퇴색한 넥타이 이제 그만 풀어놓고 말이 말을 되받으니까 귀둥대둥 속 지르지 말게, 속 지르지 마. 속 먼저 밑지고

드는 터라 물질 가난 면치 못하는 게야. 뚱해진 낯짝 풀지
않고 허어… 말로써 말이 많군 그래.

　나 원 참, 하도나 어이없어 보름달이 하품하네.

거지와 연미복 신사

섬뜩 검은 손이 닿았지, 연미복 옷자락에.

한 푼 줍쇼. 눈언저리 입 시울에 고름딱지, 진물 범벅 거지는 신사의 턱밑에 한센병 험한 손 내밀었지. 한 푼 줍쇼. 창자 한 가닥이 다 끊어져가는 잔악한 소리 저녁놀 물들이고, 거지는 신사에게 뭉툭한 손 디밀었지. 서둘러, 어여 어여 서둘러 연미복 호주머니 뒤지기 시작했지만 이 일을 어쩜 좋아, 이 일을 어쩜 좋아. 신사는 바지며 윗도리 주머니를 죄 뒤졌으나 낭패로다, 낭패로다. 글쎄 외출하고자 옷을 새로 갈아입을 때 지갑을 그만 빠뜨리고 나왔으므로 연미복 신사는 동전 한 닢 없었지. 때가 더뎅이 진, 섬뜩하고 징그러운 거지의 고름 손목을 덥석 쓸어 잡았지. 여보, 용서해 주시오. 당신을 꼭 돕고 싶은데 지금 내 수중에는 단한 닢도 가진 게 없소. 신사는 글썽글썽 목이 메고 있었지. 신사 양반, 고맙습니다. 저는 오늘 난생 처음 사람 온기를 동냥 받았습니다. 누더기 동냥아치는 연미복 신사가 감싸쥔 문드러진 손등에 더운 물기를 떨어뜨리고 있었지.

쟁명한, 하늘이 덧문 닫고 산 그림자 호수를 잠식했지.

66

슈퍼맨, 코모도왕도마뱀

살얼음 갈라지듯 엷은 미소 번져간다.

붉덩물 휩쓸고 간 아프간 황무지인가, 머릿속이 썰렁하다. 롤렉스시계 파워 알람원폭만큼 강렬해서 썰렁한 머릿속에 뜨거운 방사능 낙진 떨어진다. 작살 꽂힌 열대어마냥 파드닥 깨어나고, 파드닥 깨자마자 신경초神經草 말엽末葉 같은 촉각이 곤두선다. 전자레인지 배기구를 빠져나온 햄버거 향 뇌의 적도 부근에 몰려든다. 게으른 지구의 자전自轉, 볕은 때로 핼리혜성만큼 위험하여 직사直射라도 쐬게 되면 거대 운석 구덩이 눈자위에 팰지 몰라. 휘유우 한숨 섞인 바람 소리 귓가에 맴돌고 검고 누추한 어둠 비웃듯 붉은 망토 펄럭이며, 펄럭이며 허공 위를 떠도는 자. 이런 맙소사, 비데 사용법도 모르면서! 코모도왕도마뱀 으쓱한 얼굴처럼, 오글오글 아등바등 겯고틀고 물고 뜯는 장삼이사 세월없이 모여 앉아 말았던 몸 도로 펴고 숨 고르는 쥐며느리처럼, 그렇게 서서히 고개 뽑아 올린 슈퍼맨 쉰 목소리 부메랑 되어 날아온다. 명심하렴, 썩은 사과 한 개가 사과상자 전체를 상하게 만든단다. 푸·하·하… 세계는 거대한 사과상자, 원자 펀치 테러 공포 느닷없이 엄습하고 스파게티 면발처럼 굵고 맵짠 눈물 쏟아진다.

  말도 마. 우린 차츰 저묫하고, 지구는 오래 숨 쉬겠지?

* 박민규 소설 「지구영웅전설」 참고.

제 **3** 부

뜬금없는 소리 29

바람결 일 때마다 한 겹씩 어둠 터는 수풀

은연중 으스스 떨려 문득 눈시울 걷는다. 하늘 끄느름한 발치께로 야윈 바람 다가와 늙은 패랭이 허리나 검버섯 앉은 솜다리 늦잎 성가시도록 집적거린다. 가을 때깔이 공연히 남의 옷깃에 함부로, 함부로 울적한 제 심기 낙서하려 들고 있다. 조락凋落! 소리치고 나리꽃 모로 고개 꺾는다.

철없는 귀뚜라미소리 때 아닌 풍년 든다.

뜬금없는 소리 30

죽어 저승에 가면 셋방살이 풀려나겠지?

이 장 저 장 장돌뱅이 옮겨 다니나 싸전 마당 되먹이장수 쌀자루나, 돈 사러 나온 녹두 보퉁이, 참깨 자루 스리슬쩍 집어다가 팔아 넘겨 겨우 넝마전 옆 차일 밑에 들어 국수나 국말이밥 사먹는 데나 쓰던, 철딱서니라곤 서푼어치도 없는 통 좁은 좀도둑으로 뼈가 자라 주색에 곯고 지친 거무죽죽한 안색에 생쥐 눈, 숱 짙은 곱슬머리에 가난한 이마, 자라다 멈춘 도막 키에 다부지게 바라진 몸뚱이, 무엇보다 마뜩찮은 건 입이 왼쪽으로 비뚤어져 웃을 때마다 스산하게 보이기 마련인 오래 된 잿빛 은니라니, 은니라니…. 그게 바로 지나새나 입성 허름한 싼거리 따라지, 따라지라

들국화 몇몇 떨기가 영락없는 따라지라.

뜬금없는 소리 32

겉절이 버무리듯 수습된 듯싶다가도

아직은 도시 땟물 덜 배인 아기바람, 육자배기 걸음새로 절기를 나르느라 쉼 없이 건들거리고, 건들거리고 키만 겨루며 자라 어지간히 가난해 뵈는 들국화 몇 떨기가 아카시아 늙은 가지 그늘에 들어 아이 추워, 아이 추워 소름 끼친다. 이따금 써늘한 바람 휘 휘 휘 몰려오자 웃자란 느릅나무 저들끼리 수군대다, 수군대다 별 한 점 내보이지 않은 충충한 하늘 멀뚱멀뚱 지켜본다.

쿵 쿵 쿵 산이 앓는 소리, 태징처럼 떨고 있다.

뜬금없는 소리 33

돈 앞엔 웃음 한 말, 돈 뒤엔 눈물 한 섬.

힌 스님 나룻배 타려고 부두에 나왔다지. 하필 가는 날 북새통인가. 별안간 배 타려는 사람 부쩍 부쩍 불어났어. 눈 깜박할 새 뱃삯 두 배로 뛰었지. 그런데도 타겠다는 사람 하도나 많아 수중에 뱃삯 한 푼 지닌 스님 줄 밖으로, 줄 밖으로 밀려날 수밖에. 망연자실 우두커니 서있는 스님, 멀리 떠나는 나룻배 바라만 보고 있었지. 이 일을 어쩌면 좋아, 어쩌면 좋아…. 강 한복판에서 배가 기우뚱, 기우뚱하다 그만 뒤집히고 말았어. 뒷짐 지고 있던 스님 이렇게 중얼거렸대나.

"소승은 돈 없는 탓에 죽지도 못합니다. 나무 관세음보살!"

뜬금없는 소리 34

철종 때 기인 정수동鄭壽銅은 세상 조롱 밥 먹듯 했지.

어려서 타고난 문재文才 인정받아 추사 김정희 그를 불러 소장본 다 내주고, 지필묵 다 대주고 읽고 쓰게 했대. 내준 책 죄 읽어치우고는 수동이 어디론가 자취 감추고 말았지. 방랑벽 탓이었지. 추사 사람 풀어 그를 겨우 찾아내 의관 마련해주고 자기 집 작은 방에 머물도록 해 주었으나 수동은 끝내 방랑벽 못 고쳤지. 어느 틈엔가 도망쳐 나가서는 다시 그 집에 돌아오지 않았어. 온몸에 비바람 묻히며 묻히며 살아온 정수동이 동대문 밖에서 술 마시고 수표교 근처 멀지 않은 자기 집으로 돌아가는 길이었지. 단박 순라군巡邏軍에게 걸리고 말았어, 코앞에 집 놔두고 '통금'에 걸리고 말았어. 당시엔 밤중에 다니는 수상한 자 감시하고 도둑 예방할 방책으로 통행금지시간 마련하고 야간 순찰 돌고 있었어. 순라군이 "누구요?" 소리치자 정수동 다급한 나머지 담벼락에 붙어 서서, 두 팔 벌리고 붙어 서서 "빨래요!"라고 대답했대. "빨래가 어떻게 말을 하느냐?" 다그치자 "옷이 한 벌밖에 없어 입은 채로 빨았는데 아직 덜 말라서 이리 서 있는 것이오."

순라군 하, 기가 막혀 "밤새도록 빨래 걷지 않겠다."

어느 해 설날, 정수동 주머니 비었으나 술 생각 간절했어.

주막 찾았으나 주모 말이 밀린 술값 갚지 않으면 아랑 한 잔 줄 수 없다는 것이었이. 별 수 없이 주막 평상에 앉아 있을 수밖에. 마침 돼지 한 마리 울타리 비집고 들어와 마당에 널어놓은 술밥 먹는 걸 보고도 우두커니 앉아 있을 수밖에. 아니 저걸, 아니 저걸…. 부리나케 주모 달려 나와 돼지 쫓은 다음 정수동에게 어째 술밥 먹는 걸 번연히 보고도 쫓아내지 않았냐고 나무랬어. 이에 정수동이 허는 소리

"돼지가 맞돈 미리 내고 술밥 먹는 줄 알았지."

개오동 그림자

상수리 마른 잎이 석양을 붙잡다 놓는다.

접때 기러기 몰아온 바람이 여태 수수깡 울에 머물며 가랑잎 줍는 게 오늘밤도 된서리 하얗게 필 모양이다. 뜨락한 그루 개오동 검은 그림자 섬돌을 베개 삼아 밤 깊은 소리 엿듣고, 오동 한두 잎새가 찬이슬 피해 내려 제 발등 덮는다. 저저금 저 살려고 토막 숨 연방 들이쉬며 놔도 한몫 들어도 한몫, 늘리고 보탠 것 없이 흥뚱거린 살림붙이 그냥저냥 떠밀려오는 하루가 육십 고개 넘어섰다. 가노라고 가다가 지분거리고 저기서 눈 속이고 여기서는 이냥 들켜버린 이승살이. 오온五蘊에 매여 연줄 끊지 못하고, 세상이 날 선 세상인데 풍경인들 여북하겠나?

지금은 목 쉰 풍경이 무심히, 무심히 운다.

으악새 슬피 우는

가르마 타고 흐르는 미리내 강 꿈틀댄다.

무시로 자고 이는 마파람에 둠벙 물너울 번쩍거리고, 그때마다 갈대 더불어 둠벙 에워싼 으악새 숲은 칼을 뽑아 별빛에 휘두르며 휘두르며 부둥켜 운다. 으악새 울음 꺼끔해지면 틈틈이 여치가 울고 곁들여 베짱이도 목청 달인다. 그새 철이 겨워겨워 된서리 때릴 요량인지, 바짓가랑이로 오른 이슬이 달빛에 살아난 사금파리보다 차다. 풀떨기 등줄기 휘어 길이 난 논두렁 위로 싸게 내닫는 것들 얼핏 보아도 햇곡에 살이 올라 둥실해진 메추리, 아직 떠날 채비 굼뜬 뜸부기가 둠벙에 팔매 떨어지는 소리로 저수지 갈대 숲에서 물안개 걷으며걷으며 푸덕거리고….

으악새 길 닿게 욱어 칼질하는 서슬에.

* 「개오동 그림자」, 「으악새 슬피 우는」은 이문구 소설 「우리 동네」 참고.

가을 유배

은백양 마른 잎이
뭐라 뭐라 구시렁거린다.

식은 가을 잔 비늘을 은행닢이 눈부시게 털어 내고 털어
내고, 몇 톨 햇살 싸라기를 위리안치圍籬安置 비끄러매는
해거름에, 발목 붉은 멧비둘기 식은 햇살 몇 톨 물고 요모
조모 되작인다. 기울어진 시간 속을 걸어 나온 독거노인
두엇 다리품 쉬다 말고 어느새 한 생애 깊고 어두운 저녁*
당도하여 천근 무거운 신발 끌며끌며 새을乙자 걸음새로
시들부들 귀양살이 썰렁한 공원 배회하고,

은백양 오그라든 잎이
뭐라 뭐라 구시렁거린다.

* 유강희 시 「귀룽나무는 하늘로 오르는 귀룽나무」 한 구절.

두 주정뱅이

고주망태 한 주정뱅이 들깨방정 참깨방정 떨다 말고

흰죽사발 눈 시룹뜨고 물퉁보리처럼 업혀 가다, 시르죽은 물렁팥죽 친구 부축 받고 비트적거리는 또 다른 술꾼 보고 찍자를 부렸겠다. 가여운 주정뱅이 같으니, 자네도 두 잔만 더 마시면 나처럼 한껏 자유를 누릴 텐데….

한물 간 시러베짓을 냉큼 못 버리다니!

흰…

얼굴빛 습자지만큼 맑디맑고 투명하다.

흰색은 색이 없는 것 같으나 모든 색 다 들어있는 본색
이다. 흰빛은 천만 가지 색을 가진 생명의 입자粒子. 아무
럼…. 삐죽빼죽 튀어나온 흰색 돌기들은 팔딱이는 '숨구멍'
이다. 흰 것은 늘 좀 차고 불편한 색이었는데 스스로에게
사는 걸 두려워 말라고, 그냥 껴안아보라고 다그친다.
5·18 광주 그날. 죽음은 있었지만 죽인 자는 없고, 사실
은 있었지만 진실은 묻혀가는 세상이다. 때 절고 더럽혀지
더라도 너에게 흰 것을 주고 싶다.

"죽지 마, 제발 죽지 마" 귀얄질을 해댄다.*

* 한강 소설 「흰」 시적 변용.

서시西施의 젖빛

복사꽃
건듯 이울고
물살 가른나,
황복거사.

죽음과도 바꿀 만한, 죽을 작정 하지 않곤 입맛 다시지 못할 검복 가시복 흰점복…. 입안에서 사르르 녹는, 유별난 식감 주는 복어회는 후르르 혀가 절로 말리고 만다. 밀복 졸복 참복 황복 한 마리 독毒 빼는데 서 말 석 되 물을 쏟는다. 골부림 지나친 녀석, 원래 성질 잘 내는 탓에 진어嗔魚라거나, 슬슬 긁어 화 돋우면 배가 부풀기 땜에 기포어氣泡魚라고 그런다. 하면, 하면…. 수컷 뱃속 흰빛 애는 서시의 젖빛이라, 중국 월나라 미인 서시의 젖빛이라, 뽀얀 뜨물 젖빛이라 서시유西施乳라 했다던가?

떡니 턱 드러낸 황복거사
소동파蘇東坡도 군침 흘렸대.

* 김정호 「어촌한담 18」 참고.

뜬금없는 소리 35

게도 구럭도 다 잃고
턱 빠진 광대 꼴이라.

늙은 고양이 달걀 굴리듯 날 가지고 당겼다가 밀었다가,
제쳤다가 올렸다가 한창 그리 놀리기 시작하네 그려. 그놈
구변 출중하기로 소진蘇秦이며 장의張儀 혀가 당할 재간 있
겠나. 허나, 저나 항우項羽도 낙상할 때 있고, 소진도 홀라
당 손 털 때 있는 것을. 명예 보기 빈 골짜기 메아리같이,
이익 보기 날리는 티끌같이, 물색 보기 아지랑이같이 하라
하였지. 깍깍거린다고 다 까마귀란 말인가? 얼라, 그 녀석.
되게 침침하네. 쯧 쯧⋯. 길가에 핀 풀꽃도 제 먹을 이슬
있는 법이야. 못된 벌레 장판방 모로 긴다고. 애그러지게
나가다가 어그러지게 들어온다더니만, 밉다밉다 하니까
말대꾸도 엇나가네.

시거든
떫지나 말지
남의 염통 왜 건드려!

뜬금없는 소리 36

요새처럼 쩨는 판에
말 이삭 줍는 걸까?

허우대 하난 말매미처럼 미끈하고 날렵해도 소갈머린
좀나방 다음 가는 위인이라, 위인이라, 겉만 두부모 같지
속은 순 도토리묵이구만. 구새 먹은 삭정이 부러지듯 싱겁
기는. 물덤벙술덤벙 촐싹거리구 들랑대기는? 암만…. 집
안 망하려면 구정물통 호박씨가 춤을 덩실 춘다지만 잘도
둘러대는군. 오나가나 갑갑헌 사람 캄캄헌 소리 작작 헌다
구, 콩새 앉은 자리 촉새가 왜 나서는 거여. 고랑이나 이랑
이나, 하여간이 여하간이여.

개살구 지레 터진다고
파리 위에 날파리 있지.

뜬금없는 소리 37

두말하면 잔소리고 세 말하면 헛소리지.

자라고 싶을 대로 자란대도 개암나문 사람 키 넘보지 않는 겸손한 나무지. 그루라고 하기보다 포기라고 하는 것이 걸맞을 정도로 밑동도 어느 것이 줄기이고 어느 것이 가지인지 뚜렷하지 않게 떨기 져 덤불처럼 자라지. 둥치 두께 굵은 것이 작대기보다 가는 데다 잎사귀도 오리나무 닮아서 볼품없지. 나무도 아닌 것이, 풀도 아닌 것이, 어느 게 줄기이고 어느 게 가지인지 모르게 덤불같이, 덤불같이 퍼지는 나무. 암만… 키마저 작고 작아서 민둥산에선 잘 살아도 우거진 숲 그늘 진 데선 못 사는 나무. 개암나무는 늙도록 키워봤자 작대기감·지팡이감도 안 나오는 나무다 이 말이여, 참말로.

세월도 가다가 말고 제 자리서 곰이 피는지, 원.

뜬금없는 소리 38

푸진 햇볕 푸지다 못해 불꽃인 양 꽂히는 날

저 산에 돌엔 푸르름 가득하다만 문 밖 세상 온통 풍진 뿐이다. 요리하는 자 조정에 따로 있으므로 사립문 닫고 들어앉아야겠네.* 어느 후미진 곳에 멈춰멈춰 오목가슴 저릿하도록, 등골 오싹 서늘하도록 그렇게···. 끝끝내 두려움으로 진정 그대 마주하는 그날, 거짓부리 눈가림도 아서아서 다 걷어내고 다시금 민낯 마주하는 그날

꼽발**로 넘어다보고 문 틈새로 들여다보고.

* 다산 정약용의 글 인용.
* '모둠발'의 전라도 토박이말.
** 황풍년의 「인정일랑 막지 못할 문 앞에 서서」 및 ≪전라도닷컴≫ 2015년 6월호 참고.

뜬금없는 소리 39

텅 비어 거리낌 없는,
언뜻 번뜻 담아낸 섬㎰ 자

타고난 성질 막돼먹어 세상사람 어울리기 어려웠습니다. 붉은 대문 단 으리으리한 저택 보면 반드시 침을 탁 뱉고 지나가는 반면, 못 사는 동네 허름한 집 보면 반드시 서성대고 두리번거리면서, '팔베개 베고 맹물 마시지만 사는 즐거움 다른 것과 바꾸지 않겠다'는 그런 사람 만나지 않을까 기대하곤 했습니다.*

독마다 찰찰 넘치는
묵은 간장 간수하듯.

* 조선시대 선비 권필이 송홍보에게 보낸 편지.

뜬금없는 소리 40

대문 앞 땅바닥에 폭삭하게 둘러 앉거있어.

워매 우덜은 도시에선 못살아, 못 살아. 툭 터놓고 왔다 갔다 해야쓴디 들올 줄을 아나 나갈 줄을 아나. 요새는 문도 못 끼리겠대야. 먼 번호를 눌러야만 문이 게우 열리등만. 이런 존디를 놔두고 가긴 어딜 가. 내 맘대로 암다나 댕기고 김치만 주물러도 서로 집어묵고 고치장만 담가도 서로 간보고 나놔 묵고 그래. 나도 시방 모내기허러 논에 갔다 오다가 이 성님한테 미역 한줌 얻어가네. 요놈 영락없이 저녁 한 끄니 끼래 묵겄어. 나도 누가 주길래 누가 준 것을 또 띠어준 것이여. 우리 촌골 사람들 내 것을 내 손에 쥘 줄 몰라. 이런 디는 한군에 나놔먹는 디여. 암만… 안 아깝제. 안 아까와. 만날 본께 근가 몰라. 우리 동네 사람들 벨라 이뿌고 이빼. 모다 삐뜰어지지 않고 모다 찌그러들지 않고 빤듯하니 이빼 죽었어.

우덜은 문짝 때래 잠그고 오물라 쥐고 살들 못해.

* 남인희·남신희 「그 집 그 대문 앞」 참고.

물빛 하루

물너울 붕어배래기 허옇게 뒤집고 까치놀 놀던 자리.

내 이냥 저랬던 게야. 이냥 저냥 물에 뜨는 거품처럼 살아온 게야. 따글거리는 가을볕에 물썽한 천성 슬몃 꾸어준 게야. 죄임성 있고 지닐성 있게 잇속 챙길 겨를 없이 붉덩물 저녁놀 뒤덮여오면 헌 말로 능갈치는 세상 물기슭 배돌다 서슴거리다 찝찝하고, 걸쩍지근하고, 헙헙한 팔 저으며 내저으며 물렁팥죽 퉁그러져 눈도록 꺽진 소리나 지르다 되지르다 이 골짝 저 골짝 물이 물들이 하고 흘러드는 물목 언저리 못나게, 지지리도 못나게 이냥 저냥 살아온 게야.

그러면 그렇고말고. 물이 물답지 않게 얼비쳐 오는 날.

* 이문구 소설 「장동리 싸리나무」 참고.

등 비늘 반짝이는 바다

억센 바다 등가죽을 물고 뜯는 마적 떼 바람

한 생에 깊고 어두운 바다, 어디가 머리이고 어디가 꼬리인가. 거대한 몸 뒤척이는 바다 목 놓아 울부짖다, 울부짖다 한숨 돌린 짐승이다. 하얀 버캐 게우며 게워내며 파도는 모래톱에 떼 지어 몰려오고, 새벽 미명 속에 가로누워 시커먼 등 비늘 번들번들 꿈틀거린다. 세 푼 남짓 소금기가 온 바다 정화하듯, 끝끝내 썩지 않는 고요보다 깊은 적멸 바다, 무엇이든 용서하고 무엇이든 정갈히 빨아주는 돈오돈수頓悟頓修 바다 경전經典. 파도는 목말 타고 메밀꽃이고 와서 발 앞에 엎어지고, 깃털 같은 물보라 들며나고 바다 헛바닥 물마루에 끊임없이 부서지고부서지고, 죽어 있던 의식의 속살 다시금 돋아나고

이따금 널뛰는 바다, 신명 겨워 실신한다.

제4부

해우소解憂所

둥글 납작 부푼 가슴 육덕肉德 좋은 한 아낙이 절집 해우소 들어갔는데요.

이리 옴쭉 저리 옴쭉 오금 조인 괄약근 풀어놓고, 펑퍼짐한 둔부하며 미어지게 풍만한 샅을 이냥 내맡기고, 애끓고 태우는 속 시정市井 잡일 접어두고 쉿 쉿 쉬이 쉬를 거두고, 무덕무덕 덤턱스레 볼일 보다가 천야만야 낭떠러지 허구장천 아득한 저승길 해우소 밑바닥 내려다보는 순간 아 아악! 기겁하여 토사곽란 몸부림치는 서슬에 세상 오만 꽃이란 꽃은 화들짝, 화들짝 놀라 오종종한 입시울이 일시에 벙글어졌는데요,

까르륵 배꼽 잡고 웃다 꽃이 저리 붉어졌대요.

대문 없는 집

뭐덜라고 내 집구석 쇠때 따고 들어가나?

돈 많이 벌어 차두차두 쟁애놓고 살문 뭣혀. 맛난 음석 허고도 냄새만 풀풀 핑기고 문 꽉꽉 때래 잠그고 이녁 식구만 오무려 앙거서 묵고…. 우리는 그리 못 살아. 만난 것을 항꾼에 묵는 것이 '양심'이라 했제. 대문 없이도 곤한 잠에 들 수 있는 무장해제 살림살이여. 숭년 들던 해였어. 보릿고개 못 넘기고 딱 한 번 도둑님이 댕개갔어. 곳간에서 보쌀 한 차두 내갖고 갔어. 어매라믄 이고 가고 아배라믄 지고 갔것제. 인자 그놈으로 다만 몇 끄니라도 안 곯고 묵었것제. 나놔 묵은 폭 댔어. 암만…. 내 식구 남 식구 가리지 않고 내남없이 사는 사람이라야 대문 없는 집에 살 수 있제. 여그는 이웃 간에 툭 터놓고 돌아댕김서 살아. 만고에 훔쳐갈 뭣도 없어. 이냥저냥 사는 것이제.

문단속 허나 마나제, 품 너르게 살아야제.

그 집 우편함

대문 옆 우편함에 '반가운 소식' 깃들었어.

하고 많은 자리 다 놔두고 하필 우편함 속에 둥지 틀고
알 낳았어. 작은 우편함 안온한 어둠 속에 튼실하게 엮어
낸 둥지. 공력 들여 똥그라니 둥우리를 여간 이쁘게 맹글
었어. 작고 앙증스럽고 연약하고 살갑고 가냘프고 위태롭
고 애틋 살뜰 알 여섯 개가 나란히 누워있어. 새가 참 영리
하고말고. 사람이 의자 놔두고 앙것으문 절대 이리 안 옵
디다. 두 마리가 저기서 찌웃찌웃, 여기서 찌웃찌웃···. 그
러문 내가 인자 들어 오거라 하고 비켜주고 그라제. 어미
새가 어디 멀리 안 가. 알 지킬라고 가차운 디서 늘쌍 망보
고 있제. 긍께 여그 앙것다가도 알 품으라고 얼릉 비켜주
고 그래.

그렇듯 유순한 뭣을 눈 밝게 알아보는 참새여.

* 남인희·남신희 「그 집 그 대문 앞」 참고.

인본주의 눈높이

목 모르문 뉘 집 거이든 단감 한나 따묵고 가 잉!

담장 그 너머가 보이면서도 개릴 것 다 개려주는 오묘한 눈높이로 쌓은 흙담. 너머 노프문 이웃끼리 속 모르고 살고, 너머 야차우문 아녀자들 활동허는 거 다 보이니께 뭣이다 쪼깐 거북하제. 지내감서 지신가 안 지신가 짐작할 만허고, 안팎으로 내다봄서 이야기할 만허고, 그 뭣이다…. 담 너머로 떡 접시 반찬 접시 오갈 만허고 그라제.

그랑께. 요로코롬 넉넉한 것이 인본주의 아니겄어?

뜬금없는 소리 41

나락 고랑 끝 간 데 없고
가을 해는 노루꼬리라.

꽃이문 다 꽃인가? 꽃 중의 꽃은 나락꽃, 단풍 중 참단풍
은 나락단풍이제. 봄부텀 가실까지 쌀 한 톨 맹그는디 야
든야답 번 손이 가는 거여. 입립개신고粒粒皆辛苦라. 한 알
한 알 간난신고 대낀 끝에 모여 이룬 황금빛 장엄한 들녘
이여. 햇볕 바람 태풍 천둥 벼락 제 안에 다 품고 기어이
영글고 둥글어진 것들이여. 골진 고랑 위로 꼭지 선명한
그림자, 늙은 호박 한 덩이 놓인 자린 늘 따뜻하고 포근하
지. 싸디 싸. 딴 것은 다 무장 비싸진디 쌀값은 해가 가고
날이 새도 그 자리 그 배끼여. 옛날 시상은 쌀이 귀했는디
요새는 천덕구니 천더기라…. 옛 어른들 콩 한 알 쫓아 새
립문 밖 십리 간다고 안혀? 한 톨이라도 흘릴작시면 엎드
려 무릎걸음 마다 않았지. 아먼, 아먼. 시경詩經에는 '민암
民巖'이라 했어. 백성은 나라 엎을 수도 있는 무서운 동력動
力이라는 걸 통치자는 알기나 아는지 원! 국민들 속은 모다
문드러지고 시상은 찌들었다고 맵짠 '마늘경經' 읽는 마늘
밭 할배. 흙은 거짓말 않거든. 에헴 허고 정치 허고 감투

쓴 사람들 순 거짓부렁으로 살아. 콩깍지 두드리는 어매가
든 회초리 매서운 줄 아냐? 이 호멩이가 금은보다 귀해. 호
멩이나 모시랑 낫은 농민들 총이여. 남 해코지 총이 아니
라 우리 백성 살리는 총, 그 총이다 이 말이여.

쌔래야
곧추설 게 많은
참, 비릿한 시상이여.

* ≪전라도닷컴≫ 2015년 11월호 「그림자가 있는 풍경」 참고.

뜬금없는 소리 42

우렁이 창시 같은 속을 지피지피 찾아들 오제.

동동걸음 가파른 시상, 이녁 것 챙겨 넣고 이녁 쓸 궁리
만 허는 시상. 공부 많이 헌 거시기들 다 도둑놈 되드라.
높은 자리 앙근 사람들 자기 뱃구레 챙기는 것 보씨요. 고
것이 부럽습디여? 추접스럽고 던적스럽제. 넘들은 다 안디
자기들만 몰라. 지체 높고 사려가 얄으면 얄을수록 그 아
귀 커지므로 탐리貪吏가 되는 거고, 가방 끈 짧아도 사려가
지푸면 지풀수록 그 아귀 줄어들므로 염리廉吏가 되는 거
여. 앞이나 옆이나 모다 거울이여, 거울이여. 꿀떡 묵는 것
맹키로 내가 좋으믄 저 사람도 오진 것이여. 옛 말이 있어.
헌옷 입고 일하기 좋고 새 옷 입고 남 말하기 좋다고.

저 혼자 되는 시상이 지구 천지 어딨어? 참말로.

뜬금없는 소리 43

벼린 칼 벼린 날로
끊어야제, 끊어야제.

쓰지 않고 갈지 않는 칼 무뎌져 녹이 슬고, 버려두고 닦지 않는 몸뗑이 제 풀에 녹스는 게여. 대칼 중칼 작은 칼다 쓸 자리 따로 있어. 큰 칼은 명태 뚜들 때, 중칼은 갈치양태 딸 때, 작은 칼은 가오리 찍을 때 쓰제. 간 맞아야 허는 것은 어물이나 사람이나 매한가지여. 하먼…. 풍진 세상 상하지 않으려면 제 몸 속 소금 재고 염장 지르고 살아야제. 삿된 허욕 오욕칠정五慾七情 깨깟이 끊어 불고, 끊어불고. 얼음도 시리지 않고 불도 뜨겁지 않게 물짠 손 아픈칼질로 신새벽 들깨우고

메질도
불맛 담금질도
겪어야제, 하먼 하먼….

*남인희 · 남신희 「장터의 칼」 참고.

100

뜬금없는 소리 46

서슬이 시퍼런데 신바람 안 나겠냐?

법 좋아하지 마라. 법은 칼자루 쥔 사람들 편이니까. 요즘은 칼이 아니라 소리 없는 총이라더라. 법 좋아하지 마라. 면세가 탈세였고, 탈세가 면세였다. 면세 따로 없고 탈세 따로 없었다. 무가내하 세무사찰은 도깨비방망이였다. 그 앞에서 찍소리 한 번 못 했다. 남의 회사 들었다 놓았다 할 궁리 그만 접어라. 단체 교섭권? 노동 쟁의권? 차라리 광화문 네거리 떼거리로 나와서 지나가는 사람 막고 물어 봐라. 공무도하, 공무도하…. 도깨비방망이 움켜 쥔 그네들이 저지른 '못된 짓들'은 단지 그들이 했다는 이유 하나만으로 '좋은 짓들'로 호도되고 둔갑했다. 이제는 무법천지 도깨비방망이라 법은 멀고 주먹 가까운 세상 아니더냐! 주먹법 아직도 몰라?! 주먹 앞에 법을 들고 감히 대들어? 에라! 이 먹통아. 주먹법 난장에서 마지못해 추던 춤이 어느새 신바람 춤이 되었다. 서슬이 시퍼런데 신바람 안 나겠냐?

황야의 총잡이들이 누구 편을 들겠느냐?

* 서정인 소설 「달궁·둘」 참고.

장도粧刀, 서늘한 극치

되알지게 두들길수록 삿된 성깔 빠져나가.

흙속에 숯을 깔고 숯 위에 칼을 깔고, 청산가리 고루 깔지. 그렇게 시루떡 앉히듯 켜켜이 쟁여놓고 스물 네 시간 불을 지펴. 비로소 쇠에 피막 끼면 칼날 강도가 더해진다는 걸 엊그제 깨달았어. 쇠를 너무 달구어도 안 되야. 달궈진 쇠 색깔 보고 온도를 가늠하지. 붉은 빛 감홍색 되기 바로 앞서 망치질해야 칼날이 뭉그러지도록 갈고 갈아 쓸 수 있어. 해 뜨기 전 숯불에 요로코롬 담금질해야 칼의 극치 맛보게 돼. 미쳐야[狂] 포도시 미칠[及] 수 있는 그 길. 많지도 적지도 않은 날빛-해 질 녘이나 해 뜨기 직전 열처리 작업해야 벌겋게 달아오른 칼날 색깔 제대로 드러나, 아먼. 알맞게 달군 쇠를 불에서 꺼내자마자 한 치 망설임 없이 두들기지, 두들기지…. 한결같이 닳고 닳아 수많은 상흔 제 몸에 아로새겨야 위풍당당 장도가 되지. 칼날 하나 뽑아낼 때 일만 번 좋이 넘도록 망치질허는 거여.

장도는 삿된 것 치는 서늘한 '정신'이야, 정신.

* 남인희 「삿된 것을 베리라」 참고.

안개 연대기年代記

이월 그 물바람은 정월 산바람보다 맵짜다.

새벽 물이 물김 마냥 피워 무는 그 짬이다. 서리서리 서리 날은 물김 역시 흐벅지다. 골안개 수면 가득 물김 피어 올릴 땐 세상에 조용히 사는 물보다 더 깊은 것은 어디에도 없을 터였다. 선뜩 스친 서릿바람 안개 가른 거룻배 몰고 온다. 그물이 번쩍거린다. 뭐가 저리 눈 시리게 현현하는 것일까? 그물에 걸린 은어일까, 달빛일까, 서리일까? 이른 동살 한 발 앞서 물김 무장 피어 올린다. 안개처럼 자욱하게 은빛 비늘 물어내는 물김, 신새벽 털고 있다. 비늘마다 달빛 반짝, 비늘마다 서리 번쩍, 아가미마다 달빛 터는 은어 떼가 물안개 헤집는다.

그물로 달빛 걷어 올리는 상앗대질 휘모리다.

고도

나무 한 그루 달랑 황량한 언덕바지
그 어느 곳도 아닌 먹빛 어둠 에움길에
고도Godot가 손뼉 치고 오길 목 빼물고 기다린다.

주머니 뒤져봐야 때 절은 순무 한 토막
이제 그만 발길 접을까. 기다림에 지친 두 방랑자 썰렁
한 몸짓으로 질문하기, 말 되받기, 욕 퍼붓기, 장난치기, 때
때로 막춤추기…. 고도는 누구인지, 기다리고 기다려도 그
는 좀체 아니 오고, 기다리는 장소·시간 귀띔도 안했는데
막막 강산 기다리고 기다린다. 고도를 기다려야지. 지루하
고 지루한 기다림의 시간 죽이다가죽이다가 지칠 대로 지
친 군상, 우린 고도에게 묶여 있다? 무슨 뚱딴지같은 소리
야? 꿈틀거린들 별 수 있니? 우린 꽁꽁 묶인 게야. 아시겠
지만 혼자 가는 길은 멀고 머흘기 이를 데 없지. 사람 그림
자 하나 없이 혼자 걷는다는 건 거품을 내뿜는 일이야. 아
서, 아서 팔한 지옥 살얼음 벌판이야. 고도인지, 고댕인지,
제가 무슨 주피터 아들 아틀라스라도 된 것처럼. 이 세상
눈물의 양은 축난 게 하나 없지. 어디선가 눈물 훌쩍이기
비롯하면 한쪽에선 눈물 거두는 사람 하도나 많으니까. 암
만…. 고도인지, 고댕인지, 고데인지, 고고인지. 아무 일

생기지 않고 누구 하나 오도 가도 않으니까. 가자, 갈 순 없다. 고도 씨를 기다려야지. 그놈의 시간 얘기 자꾸 꺼내 사람 좀 괴롭히지 말아요. 말끝마다 언제, 언제 채근하다 니. 고고, 고도! 이 나무를 좀 봐봐. 기다리다 지치고 지쳐 사방에서 고름 저리 흘리는데. 날개 치는 소리 들린다. 나 뭇잎이 소리친다. 고도를 기다려야지. 고도, 고도. 우린 늘 이렇게 뭔가를 기다리고 찾아내야 하는 게야. 그렇게 살아 있다는 걸 확인하고 확인하는 게야. 지루하고 초조하고 딱 한 순간 이기고자 끊임없이 지껄이고…. 그래야 그래본들 흰소리, 물어뜯는 소리, 귀꿈맞은 소리, 빙충이 혀짤배기 소리, 헤픈데픈 지껄이고 지껄이는 광대놀음. 이 모든 자 맥질 고도가 오면 기나긴 기다림 끝난다고 믿기 때문이야. 두 다리 사이 머리 박고 마치 자궁 속 태아 같은 몸짓하는 게야. 이거야 원, 정말 따분한데. 제발 좀 징징대지 말아 줘. 징징대는 그 소리에 그만저만 미치겠어. 밤을 기다리 고, 고도를 기다리고, 사람은 모두 미치광이로 태어난 게 야. 그러다가 이냥저냥 외톨이가 되겠지, 허허벌판 한가운 데서. 그만 가자, 갈 수 없다, 고도를 기다려야지.

제기랄! 끝끝내 기다리자는 식은 소리 작작 좀 할래?

* 사뮈엘 베케트의 희곡 「고도를 기다리며」 차용.

105

뜬금없는 소리 47

앞도 셋 셋이나 본데, 뒤에도 셋 셋이네.

용과 뱀을 구별하고 옥과 돌을 가리는 일, 흰 것과 검은 것을 가려내려면 이마 위에 또 하나 눈이 있거나 겨드랑이 아래 부적이 있어야 한다. 문수보살 무착無着*에게 묻는다. 어디메 헤매 돌다 이제 여기 당도했나? 예, 남방에서 왔습니다. 요즘 남쪽 불법佛法은 어떻게 되어 가고 있는가? 말법시대라 비구들은 계율을 조금만 받들 뿐입니다. 무착이 문수보살 눈치 살피다 이렇게 묻는다. 이곳은 어떻게 되어 가고 있는지요? 그래, 그래…. 성인과 범부가 함께 살고, 뱀과 용이 섞여 있네凡聖同居 龍蛇混雜.

앞도 셋 셋이나 본데, 뒤에도 셋 셋이네.

* 일곱 살 때 출가하여 앙산혜적仰山慧寂을 만나 크게 깨닫고 그의 법을 이어받은 스님.

뜬금없는 소리 48

가긴 또 어디메로 날아갔단 말이더냐!

마조馬祖 화상 어느 하루 백장百丈과 길을 가다 들오리 나는 것을 보았겠다. 마조 화상 백장에게 물었다. 저것이 무엇이냐? 들오리입니다. 어디로 갔느냐? 저쪽으로 갔습니다. 순간 마조 화상 백장의 코를 힘껏 잡아 비틀었다. 백장은 아픔을 참지 못하고 냅다 비명을 질렀다. 이때 마조 화상이 말했다. 가긴 또 어디로 갔단 말이더냐! 말 궁둥이에 벼룩 한 마리 붙어있었다. 벼룩이 말 궁둥이 돌아다니는 동안 말은 천리를 달려 부산까지 갔다. 이럴 때 벼룩은 부산까지 간 것인가, 아닌가? 지구 둘레로 달이 돌고, 지구는 또 태양 주위를 돌고 있다. 다시 태양계는 은하계를 돌고 있다. 이럴 때 달은 태양을 돌고 있다고 봐야 하는가, 은하계를 돌고 있다고 봐야 하는가?

가긴 또 어디로 갔는가? 돌고 돌아 그 자리인 걸.

뜬금없는 소리 49

바리때 속에 든 밥풀,
물통 속에 든 물이라니.

티끌 속에 우주가 있다─微塵中含十方는 화엄경 말씀 거
짓 아니다. 일본 에도시대 잇큐─休라는 선사가 있었다. 그
가 교토에 머물고 있을 때 어느 부잣집에서 큰 법회를 열
고 선사를 법사로 초청하였다. 잇큐 선사 약속 날짜에 남
루한 옷 걸치고 부잣집 찾아갔다. 이를 본 주인은 거지 중
이 왔다며 하인 시켜 쫓아냈다. 절로 돌아온 선사는 금방
깨끗한 옷에 금란가사 떨쳐입고 다시 부잣집 찾아갔다. 주
인은 굽실굽실 잇큐를 맞이했다. 아니요. 소승은 이 문 밖
이 좋습니다. 선사는 한사코 주인 청을 손사랫짓했다. 무
슨 말씀이십니까? 안으로 드셔서 법회를 주관해 주셔야지
요. 잇큐 선사 가사 벗어 주인에게 던져 주고 내가 가사를
드릴 테니 이것으로 하여금 법회를 주관케 하시지요. 소승
은 조금 전에 이미 문밖으로 쫓겨났습니다.

섬길 말
찾지 못한 주인,
벌레 씹은 몰골이라니.

뜬금없는 소리 50

단하丹霞 선사 젊은 시절 행각승일 그때였다.

어느 해 겨울 혜림사에서 하룻밤 묵게 되었다. 날이 어찌나 추운지 도저히 잠을 이룰 수 없었다. 부스스 깨어난 단하, 법당으로 다가갔다. 목불木佛이 거기 앉아있었다. 주저 없이 목불 안고 나와 도끼로 쪼개 군불 지핀 것이다. 이를 본 본디 절 임자 대경실색, 단하를 나무랐다. 어찌하여 존엄한 부처를 훼손하는가? 단하는 천연덕스레 이리 대꾸했다. 다비를 하여 사리를 얻고자 함이요. 에끼 이 미친 중놈아, 어찌 목불에서 사리가 나온단 말인가! 단하가 다시 말했다. 그러면 어찌 나를 꾸짖으시오? 나는 나무토막을 태운 것이지 부처를 태운 것이 아니지 않소?

꾀돌이 뺨친 단하 선사,
거우 밥을 얻어먹었다나.

뜬금없는 소리 51

나는 터럭 한칼에 자른
소름 돋는 취모검吹毛劍*인가?

걸어도 걸어도 그 자리, 가도 가도 떠나온 자리. 산호가
지마다 늙은 달이 걸려 있다. 흙으로 빚은 부처 물을 건너
지 못하고, 금으로 빚은 금부처 용광로를 지나지 못하고,
나무부처 불구덩이 지나가지 못한다. 물은 물을 씻지 못하
고, 용광로는 용광로를 녹이지 못하며, 불은 불을 태우지
못한다.

들었다, 들었다 놨다
산호가지 걸린 달.

* 털을 칼날에 대고 훅 불면 그대로 두 동강이 난다는 명검으로 번뇌를
단번에 끊어버리는 지혜를 상징한다.
*「뜬금없는 소리 47~51」은 조오현 역해 『벽암록』참고.

뜬금없는 소리 52

쩍 벌린 아가리 속 번득이는 송곳니들

심하게 말하자면 푸줏간 정육이었지. 혼魂도 백魄도 없는 살, 그것은 고깃덩어리였어. 근대로 따지자면 사람이 돼지보다 나을 것이 없었지. 수도하는 이들 육신 학대는 정신 맑게 하는 행위였어. 그것이 금도襟度였고, 그것이 고행이었지…. 악마의 아가리 사이 머리통 드미는 걸 보고 모른 체 할 수 있을까, 끌끌!

구제가 어려운 게 아니야, 진실 만나는 게 어렵지.

* 서정인 소설 「달궁 · 둘」 참고.

물너울 뒤척이다

가고 옴이 하 싱숭생숭
마른 물풀 바자 두른다.

어느 구름이 그 너른 별밭 다 쓸고 갔나. 하늘 기슭 어디
에도 쭉정별 하나 보이지 않고 얼레빗 본뜬 듯이 하현달
혼자 건곤을 독차지하네. 구만리 장천 두 팔로 재어가되
어떤 무리는 좌우 줄을 맞춰 장사진長蛇陣 시늉하고, 어떤
무리는 사람 인人자 그려가며 어린진魚鱗陣 흉내 내고, 어
떤 무리는 학익진鶴翼陣 대오 짜고 절반 하늘 타고 타며 원
정 가는 저 철새.

짬짬이 달빛을 입고
물너울 뒤척이네.

소금 한 톨

시베리아 벌판 끌려가 중노동하고 있는 부부

가렴주구 독재의 날도, 그 무슨 권세의 끄나풀도 아랑곳 없는, 우직한 부부의 꿈은 오직 소금을 장만하는 일이었지. 손이 쩍 쩍 돌쩌귀에 달라붙는 춥고 암담한 시베리아 벌판에서 소금 한 톨 구하기란 그리 수월한 일이 아니었지. 절량絶糧의 햇빛처럼, 절량의 자유처럼 일 년 내내 허리 휘도록 아끼고, 고린전 한 닢 축내지 않고, 소금 절인 맛좋은 요리 크리스마스이브에 해먹는 것이 크나큰 소원이었지. 마룻바닥 여기저기 깃털이 날리거나 말거나 청동색 칠면조 요리 해먹는 것이 크나큰 소원이었지. 간밤 내린 눈이 백설기처럼 얼음 위에 겹쌓인 날 이웃 마을 친구 부부가 졸지에 죽어버렸고, 혈혈단신 친구 아들 데려다 기를 수밖에, 기를 수밖에…. 빙하의 밤은 다시 오고 부양지수 무거워진 부부는 고생고생 거듭하다 너무 지친 아내가 말했지. 여보, 저 아이를 쫓아냅시다. 이러다간 크리스마스 때 쓸 소금은커녕 금년 겨울나기도 어렵겠네요. 눈가에 비극의 물기 머금은 아내가 호소하자 남편이 말했지. 그러게 참, 우린 크리스마스 때 쓸 소금 한 톨 장만 못할까봐

걱정이지만 저 아이는 소금마저 없는 가난한 우리 집에서
마저 쫓겨날까봐 걱정이라오.

 뿌두둑 마룻바닥이 늑골 앓는 소릴 냈지

제 5 부

강 보메 예서 살지

민물 짠물 나들목에 그예 그리 사는 게지.

뭐하고 살긴 살아, 강 보메 예서 살지. 우린 아직 강을 몰라, 힘겨워도 내색 않는 그 강을 아직 몰라. 주는 대로 받고 살 수밖에. 어느 몇몇 애비 없는 후레자식들이 달려들어 퍼낸다고 마를 강물인감?* 실개천이 보태주는 뒷심 모아 예까지 흘러온 게지. 민물 반 짜븐 물 반 섬진강 하구 모래톱에 버글대는 갱조개**, 눈물샘 툭 툭 건드리는 거랭***으로 하모, 하모, 강바닥 쓰윽 훑어내면 갱조개가 깨알맹키 쏟아졌제. 요샌 옛날 같지 않어, 갱조개가 통 읎어. 눈만 번하면 중국산이 억수로 굴러댕기는데, 중국산 재첩 주면 강아지도 고개를 이냥 돌려버려. 그나저나 어쩌겠어. 폭폭한 세월 다독이며, 다독이며 그러구러 꾸역꾸역 사는 게지.

사는 기 뭐 별 거 있간디. 그예 그리 사는 게지.

* 김용택 시구 인용.
** 갱조개 : 재첩의 하동 지방 탯말.
**** 거랭 : 대막대기에다 갈퀴를 단 것처럼 생긴 기구로 강바닥을 훑어 재첩을 채취한다.
* 강신재 「섬진강 재첩마을 이야기」 참고.

산울림 일렁거리는

먹 가는 한 아이가 먹을 갈다 소리쳤습니다.

보았습니다, 보았습니다. 세상에서 가장 밝은, 밝은 달을 보았습니다. 그 달은 그믐달입니다. 앞산이 깜짝 놀라 잠에서 깨어나고, 영문도 모르는 채 아이 목소리를 잠꼬대처럼 되풀이하고 다시 깊은 잠에 빠졌습니다. 보았구나, 보았구나. 사부님이 그 아이를 덥석 끌어안고 어느 산 어느 골에 뜬 달이냐고 물었습니다. 아이는 으스대는 표정 감추지 못하며 벼루 속에 뜬 달이요, 달이요 소리치자

덩달아 건너편 산이 잠꼬대처럼 일렁거렸습니다.

* 이외수 소설 「벽오금학도」 부분 패러디.

빗방울 악보

세상 어디 또 있을까? 이토록 영롱한 투신

얼결에 구른 빗방울 말줄임표 찍고 있다. 처마 골 물매 짚고 구르는 빗방울이 통통 튄다, 물빛 악보 풀어낸다. 어질머리 꽃잎 흩고 피어나는 '낙수 자리', 흙 마당 흙이 행여 어허둥둥 튈까보아 동글동글 돌멩이 세워 테를 두른 '빗방울 받침' 이무롭게 앉아 있다. 빗방울 때구루루 팔분음표 찍고 있다.

이토록 영롱한 투신, 세상 어디 또 있을까?

뜬금없는 소리 54

담 너머 손 내민 건
남의 살, 남의 몫이제.

하도나 애 썼는디 딸 거이 그닥 없어. 삐둘기가 와서 찍
고 심심소일 꿩이 와서 입맛 다시고, 찍어서 싹 빼묵었어.
어쩌끄나, 갸들은 짓는 농사 없는디. 묵어야제, 묵어야제.
따 자서, 맘대로 따 자서. 많아야 나누는 감? 쪼깐해도 나
누는 거이 공생이제. 하면, 하면…. 주고자운 맘이 있단 거
이 좋고, 줄 수 있단 거이 오지제. 안 그러요? 이날 평상 순
흙몬지 흙구덕 속에 살아왔어. 우리는 먹글자 안 든 사람
이라 말건 자리는 공부 높은 사람한테 비켜 주제. 대명천
지 깨벗고 나와설랑 시방까지 묵고 입고 살았은께 진 빚이
얼매나 많것어? 부릴 수 있는 데까지 다 부리고 인자 사그
랑이 다 된 몸뚱이여. 똥장군은 거적으로 덮어야 허고, 밥
상은 비단 보자기로 덮어야 제격이제. 욕심 없는 우리네가
시상 좋아허는 냄새가 나무새밭 나무새 냄새여. 바람일랑
밥으로 먹고 구름 호청 등을 감싸고 물결일랑 집을 삼고
엄벙덤벙 살아왔제. 내 손이 아퀴손이여. 젊어서는 물엣
것 갱변 것 막 긁어왔어. 바우를 단단히 붙든 홍합도 지 살

120

라고 요로코롬 안간힘 써. 요 털[足絲]로 바우 끌안고 죽자 사자 버투고 있어. 즈그들도 우리들도 다 안간힘 쓰고 사는 거이제.

이 시상
안간힘 쓰는 건
부끄런 일 아니제, 하면.

뜬금없는 소리 55

1.

고무옷 험한 잠질(물질) 엔간히 힘든 게 아녀.

근께 요 일이 무자게 어룹제. 동무가 간께 가제 나 혼차
는 엄두도 못내. 해녀는 태와 줄이 목숨 줄이여. 이거 없으
문 물속에 깔앙거불어. 파도 치문 이거 타고 전뎌야제, 전
뎌야제. 물 밖 사람들 모르는 물속 세상 온몸 던지는 물
질…. 하루에도 몇 번씩이나 살고 죽는 고비 넘나들제. 몸
뚱이는 순식간에 물속으로 사라지고 검은 오리발만 건듯
떴다 이내 가라앉고 태와 홀로 동동 뜨제. 바다는 고요하
다 못해 죽은 듯 교교하고, 이따금 이름 모를 새소리 들려
오는 거기 또 하나 새소리 같은 숨비소리 섞여들지라. 호
오잇, 호오잇… 애마른 숨비소리

힘든께 절로 터진 소리, 턱턱 맥힌 숨을 흩제.

2.

이깟 사나운 풍랑쯤 암시랑토 안하지라.

우리는 애기 때부터 놀 속에 놀아서 엔간한 파도는 안
무솨, 안 무솨. 안 저꺼본 사람들 겁이 덜컥 나것지라. 에
도옛적엔 홍어가 떠글떠글했고, 낚시 또한 흔해갖고 원 없

122

이 낚아냈어. 우리가 열 살 안암팍 때 만선했다고 잠방잠방 홍어 실코 오문 징치고 꽹과리치고 온 동네 시끌벅적했제. 입에 절로 군침 괴고 모처럼 오진 꼴 봤제. 여그는 판로가 없응께 홍어를 큰 배 가득 싣고 영산포 가서 폴았어. 잡으면 잡는 대로 뱃간에 그대로 쟁여 갔어. 다른 생선은 그라고 한 달이고 두 달이고 노를 저어 가문 다 썩어 버리는디 홍어는 되레 잘 삭는 게여. 흔전만전 지나치게 많은 것 투성이라 야단법석 도시 사는 위인들은 모르지라, 하먼…. 삭힌 홍어 기똥찬 맛을 모르지라, 모르지라.

소란도 수선도 엄살도 다 접어 두고 이리 살제.

뜬금없는 소리 56

집치레 허덜 말고 밭 치레 하라 했제.

집이든 사람이든 겉치레 과람過濫한 건 남 속이는 부박한 짓 아닌감? 흰 눈밭에 파릇한 팔 치켜들고 언 발 추위 암시랑토 안허다고 엄살 없이 죽은 드키, 견뎌내는 매운 쪽뿌리 안 뵈는가? 거죽 치레 허는 늠들 닿을 수 없는 경지랑께. 정치마당 기웃대는 늠들 어디 가나 쪼깐 틀레. 도둑늠 거가 다 모탔어. 지네들 공부헌 것이 맨날 도둑질 궁리헌 짓이제. 그래도 이 시상엔 좋은 사람 훨씬 많고 많애.

엄살도, 군말도 없는
쪽뿌리에서 배워야제, 아먼.

124

뜬금없는 소리 57

이윽고 설구이 햇귀
쇠잔등에 똬리 튼다.
워낭소리 건듯 지나 봄 땅 슬몃 잠을 깨고
소 콧김 느루 쐬어야 콩밭머리 풍년 든다.

냉골 하늘 들썩인다,
동살 잡힌 쇠장 마당.
소도 사람도 어깨 겯고 허연 입김 빼문 자리
저마다
드라마 쓰는
호가경매 날이 선다.

쇠뿔은 수평각으로 빤듯한 거이 최고여라.
뿔 뻗은 방향 따라 평각 전향각 후향각 상향각 하향각
따지는 게여. 안으로 굽은 우걱뿔, 뒤로 뒤틀린 자빡뿔, 밖
으로 욱게 뻗친 횃대뿔, 한쪽은 하늘 찌르고 한쪽은 땅 찌
르는 천지각, 안으로 구부러졌으나 하나는 높고 하나는 낮
은 노구거리, 옆으로 꼬부라진 송낙뿔, 생강뿌리 삐죽 솟
은 새양뿔, 짧고 뭉툭한 묘족뿔에 둘 다 곧게 뻗은 고추뿔,

요로코롬 나눠제. 금매… 굴레도 코뚜레도 훌훌 다 벗어
던지고 휘모리 중모리도 아닌 진양조로 우는 소.
  우시장 파장머리에 쇠살쭈도 영각 켠다.

* 남인희 · 남신희 「함평우시장」 참고.

뜬금없는 소리 58

서릿바람 가을 햇볕 빼곡 쟁인 호박고지가,
　마당귀 너른 마당귀 둘러앉은 호박고지가, 납작하고 얄
브스름한 갖갖 조각 호박고지가
　무량한 초승달·반달로 꾸들꾸들 마르고 있제.

없나라 했더니만 있나라 허문 참 오져.
　여가 썩 좋은 마을이여. 아직 나쁜 물이 덜 들었거든. 꾸
정물 덜 들었다 마시, 도시에서 멀어갖고. 도시 물이 밀려
오문 시골 물이 탁濁해져뿔어. 이웃 간에 멀어지는 거여.
뭣을 나눠 묵을 줄 아나, 주고받고 품앗이할 줄 아나. 뭐이
쫌 있으문 시장으로 갖고 나가. 저자 자주 드나들문 이웃
간에 멀어지제, 멀어져, 하면…. 누구댁 주문 좋아허것다
궁리허는 것이 아니 아니고 요것 갖고 시장 가문 얼매 돈
이 되것다 그 궁리부터 먼저 하게 되문 글렀어, 영 글렀어.
갈라 묵을 줄 알고 여런이 나눠 묵을 줄 아는 깨끗한 동네
에서는 호박도 저리 늠름하게 크는 거이제.
　하이간 크나 작으나 호박은 물큰한 복덩이제.

녹악매綠萼梅 기침소리

뼈에 사무치는 추위를 겪지 않고서야 어찌 코를 찌르는 매화
향을 얻을 수 있겠는가

— 황벽 선사

뚝 뚝 지는 선혈 꽃잎
숫눈길 물들인다.

홍매는 눈 속에서 버는 거라 한꺼번에 흐드러지게 피질
못해. 이쪽에서 조금 벙긋 피었다 싶으면 이내 얼어서 이
울고, 햇귀 들면 저쪽에서 조금 벙긋 피었다 싶으면 이내
입시울 닫고…. 겹꽃·홑꽃 번차례로 피고지고 거듭하는
게 영판 조화 속이지. 추위에 시달린 끝에 매실도 영 튼실
하게 짓지 못해. 꽃받침 파릇하고 꽃잎 하얀 녹악매가 겹
꽃 몇 잎 피워 무는 그 짬 선암사 원통전 담장 껴안는 천수
관음 늙은 매화, 손가락 마디마디 꽃불 켜든 천수관음 늙
은 가지라. 댕그랑 둥 둥 두둥 아침 산사 울리는 북소리도
매화 향 풀어내고,

곤한 그 육신을 접고
우화羽化하라, 귀띔한다.

* 한송주 「금둔사 납월매」 참고.

128

와온 갯벌

저 널룬 뻘밭에서 '뻘징역' 살고 있제라.

숨이 그만 칵칵 맥혀. 한 번 뻘밭 들어가문 못 나와, 좀체 못 나와. 오뉴월 뙤약볕 아래 발 푹푹 빠지는 생지옥 뻘밭에서 치러내는 극한투쟁. 뻘배 아니면 들어갈 엄두도 못낼 차진 뻘밭에서 널을 타제, 널을 타. 길 없는 무저갱 속 짚디 짚은 구렁텅이 개펄 밭에 길을 내는 동력의 근원. 왼 무릎은 널 위쪽 또아리에 단단하게 붙이고, 오른 발은 헤엄치듯 그침 없이 지옥 뻘밭 헤집제. 온몸이 갯벌하고 한통속 되야 갖고 뻘바닥 뒤집어야 게우게우 끄집어 올릴 수 있는 거이 맛조개, 맛조개라. 허벌나게 맛 좋은 맛조개라, 하먼…. 어느 한 날 뻘투성이 흙투성이 험한 세월 마다해 본 적 있나?

뻘바닥 무릎걸음하고 한 생애 버텨 왔제라.

---

* ≪전라도닷컴≫ 2017년 6월호 26~31쪽 참고.

물것

물것 아전 설치는 등쌀 이거 원 살겠는가.

 피나락 같은 가랑니 손톱 눌러 잡고 나면 이번엔 보리알 같은 수퉁니란 놈 씨암탉 같은 엉덩이 뒤뚱거리고 나서며 나는 왜 안 잡소 한단 말이여. 수퉁니란 놈 소원 풀고 나면 꼬매고 덧댄 무명옷 솔기마다 허연 서캐 사열식이라, 일렬종대 사열식이라. 성냥불 그어대고 콩이라도 볶아대듯 따따 다 닥 따발총 쏘고 나면 이번엔 벼룩이란 놈 고린내 풍기며, 풍기며 폴싹거리고 기어 나오것다. 기는 놈 난장 치고 나면 이번엔 빈대새끼란 놈 제 어미 찾는답시고 비파 소리 내며 기어 나오것다. 토벽에 난초 치듯 그놈 눌러 결딴내고 나면 이번엔 돼지우리에서 밴대 뭐를 빨던 둥에 어미란 놈 뾰족한 주둥이 쳐들고 전배사령 호통 치고 나서것다. 그놈 따라가서 요절내고 나면 이번엔 음지에 살던 각다귀란 놈 버마제비란 놈과 어깨동무하고 깝죽대것다. 두 놈을 한 손에 작살내고 나면 이번엔 부엌 문틈에서 나온 민바퀴 노랑바퀴 마실을 간답시고 형님 아우님 줄행랑치는데 그것 어디 따라가서 잡겠던가, 잡겠던가. 나락 섬에서 기어 나온 바구미란 놈, 썩은 기둥에서 기어 나온 거저

리란 놈 갈지자걸음으로 넙죽거린단 말이여. 어디 그뿐인
가. 왼쪽에서 앵, 바른쪽에서 앵, 모기란 놈들이 터진 보에
물 쏟아지듯 날기 시작하는데 허우대 걸출한 놈, 오동포동
살찐 놈, 여윈 놈에 부리 긴 놈들이 저마다 분주 떨고 난리
를 피우는데…. 어떤 놈은 밤새도록 피를 빨아 주체를 못
하고 제 힘에 겨워 마당으로 곤두박질치는 거라. 그러다
보면 그리마란 놈 시렁 위에서 그네 뛰다 떨어져 육천 마
디로 스멀스멀 기어가고, 사면발이란 놈도 주야장천 따라
다니며 사추리 물고, 불두덩 물고, 빨거니 뜯거니 쏘거니
비틀어 무는데 어디 정신 차릴까, 정신을 차려? 그뿐인가.
오뉴월 쉬파리처럼 모적蝥賊 떼로 엉겨 붙을 양이면 따갑
고 근질거리고 가렵고 아파서 내장이 뒤집힐 지경, 열불
난들 무슨 소용인가. 우리 같은 무지렁이 벼슬아치에 등치
고, 별배들에게 차이고, 장사꾼에게 속아나고, 아전 구실
아치에게 발리고, 책상물림 호통당하고, 상전에겐 능멸이
요, 계집 초치는 등쌀에 노글노글 다 여위고, 밤이면 밤마
다 찌꺼기만 남은 피 죄 빨리므로 이 티끌 같은 상것 한 몸
죽자 해도 비상이 없고, 살자 하면 화적질이라

이 닳게 발괄을 한들, 발괄한들 무슨 소용!

다갈라,* 다갈라

마지막 여래 말씀
귀여겨듣고 가게나.

못 쓰는 화살처럼 쓰러져 누워 옛 일을 돌아본들 허, 허, 무엇 하랴. 잠 못 드는 보살할미 밤이 길고, 노곤한 길손 갈 길이 머나멀다. 다갈라 그 향기가 아무리 짙다 해도 구경삼매究竟三昧 비할 수 있겠는가. 어둠 쪼는 목탁소리 해가 반쯤 휘어지고, 은백양 마른 잎이 화룽화룽 타고 있다. 숟갈은 음식 맛 모르듯, 촛불 든 장님 제 눈을 밝히진 못한다. 헛바람 든 낯 못 감추고 헐렁하게 웃는 저 쑥부쟁이.

윤회다, 윤회로구나.
경을 치는 법구경法句經.

* 범어로 향이란 의미.

뜬금없는 소리 59

산은 수직 삼각형에 지극 단순 윤곽이다.

하나는 여름산인 듯 푸르게 짙푸르게, 하나는 겨울산인 듯 하얗게 새하얗게, 배경 하늘 하나같이 붉은 색 도배했네. 흔히 산이라 일컫는 그저 그런 산록 아니다. 그 산 안쪽 반나마 점령한 무량수 구멍. 비대칭 구멍 구멍은 무수히 감겨 돌아가는 섬세한 나선들로 꿈틀거린다. 겨울산 구멍 채운 검은 흙색 나선은 스프링처럼 꺽꺽 앞으로 튀어나오고, 여름산 연황색 나선은 한없이 뒤로 뒤로 아기작거리고 있다. 녀석 참, 현기증 나게 그랬네. 저렇게 역착시 현상 일으키니까 어머나! 온전히 정신 나간 눈을 한 쌍 보는 것 같잖아. 나란히 걸려있는 두 점 산이 한꺼번에 졸도하듯 분열하고 있잖아. 산은 분명 산인가 본데 안으로 들어갈수록 구멍 숭숭 뚫린 물 없는 나선 미궁, 금방 도채비 나올 것 같은 나선 미궁 삼각산이라….

그건 또 누가 보아도 사팔뜨기 눈동자다.

* 김운비 소설 「청동 입술」 재구성.

뜬금없는 소리 61

누워 있는 알몸이라, 성인 여자 거웃이라.

저녁놀 화닥화닥 물들기엔 아직 이른 해거름 녘, 하루 중 빛의 농도 가장 선명한 저녁 무렵이다. 풀 뜯는 낙타들이 느릿느릿 움직이는 버쩍 마른 풀밭 펼쳐져 있다. 멀리서 바라보면 회색빛 사막 한가운데 흡사 알몸으로 드러누운 여인의 거웃처럼 종려나무 숲 옴팍하게 들어앉아 있는 작은 오아시스라. 블랙홀처럼 빨려드는 해거름 연극 무대…. 사막의 저녁놀은 영락없는 연극 무대 조명이다. 삽시에 사위가 음침해지고, 하늘이며 지평선이 구분 없이 맞물려 있다. 저 멀리 서녘 하늘 핏빛이었다가, 검붉은 감색이었다가, 이윽고 암갈색으로 바뀌는 숙련된 조명사의 재바른 노을 연출. 광대한 대륙을 훑고 눈앞 헉헉 먹먹해질 때,

서늘한 미풍 손잡고 대추야자 춤을 춘다.

뜬금없는 소리 62

사하라 황량한 사막
끝 간 데 그지없다.

줄기차게 불어대는 모래바람 흉흉하다. 차곡차곡 쌓인
모래 거대한 구릉이다. 뷰케사시라 불리는 모래 빛깔 긴 도
마뱀, 낙타 이빨에 낀 더러운 해충 파먹고 사는 녹색의 작
은 새, 그 이름 아스피르라던가? 아스피르 새는 낙타가 기
묘하게 히잉 웃을 때 이빨에 달라붙어, 긴 부리로 음식 찌
꺼기나 해충을 찍어낸다. 그래서일까. 낙타는 기분 좋은 표
정 짓다 흉하게 늘어진 입술 거푸거푸 벌름거리고, 더 큰
소리로 히잉, 으으힝 추하게 웃어젖힌다. 태풍의 눈 같은,
울컥 온몸 감싸는 더운 바람. 일 년 내내 구름 한 점 없는
빈 하늘이었다가, 메마른 빈 하늘이었다가, 딱 한 차례 먹
구름 몰려들어 그것도 고작 서너 시간 내리는 귀중한 사막
의 비…. 금싸라기 사막의 비를 가장 많이 빨아들이는 식물
이 있다. 그게 바로 기둥선인장이다. 비가 쏟아지면 비상
걸린 소방수처럼 재빠르게 주변 빗물 먹어치우는데, 한 차
례 내린 비를 물경 1t씩 먹어치우는데, 어머…. 껍질을 감싸
고 있는 과육질 조직이 바로 스펀지로 둔갑하는 그 참이다.

이백 살 기둥선인장
사하라의 장수 같다.

뜬금없는 소리 63

1m 눈앞이 마냥 캄캄한 먹통이다.

한 걸음도 나갈 수 없다. 하르마탄 모래 폭풍 한 번 할퀴고 지나가면 광활한 사막 시야는 순식간에 제로 눈금. 눈 깜짝할 사이 하늘이 지워지고, 살을 에는 듯한 모래알 공격 시작된다. 따끔따끔 아픈 게 아니라 바늘로 찌르는 듯 쿡쿡 쏘아댄다. 숨이 멎을 듯 몰려오는 광기의 하르마탄. 낙타들이 먼저 콧구멍 닫아걸고, 여행자들 역시 바람 쪽으로 등을 돌리고, 하얀 터번으로 코와 입 틀어막고 비명 발사 숨을 쉰다. 하르마탄 지나간 사막은 생경하고 생소하다. 없던 구릉 새로 생겨나고, 산처럼 높았던 사구 사라져 웅덩이 패고. 아흐 그만⋯. 난데없이 천야만야 골짜기 패기도 한다.

길게는 일주일 내내 하르마탄 돌풍이라니.

뜬금없는 소리 64

햇살 그리 찬란하고 황홀한 줄 미처 몰랐다.

시뻘건 햇덩이가 사막 저편 지평선에 커다란 징처럼 걸려있다. 두들기면 온 세상이 징 징, 엄청난 파장에 휩싸일 것 같다. 달랬다 윽박질렀다 가슴 긁는 절절한 떨림. 사막의 모래알은 물론 빽빽이 서 있는 종려나무도, 난장에 매여 쭈그리고 앉은 낙타들도, 흙벽돌 위에 회칠한 담벼락도 똑같은 떨림으로 징 징 흔들릴 것 같은 저 야릇한 징조. 햇덩이 붉은 빛은 지평선으로 내리꽂히지 않고 반대 하늘 위로 솟구친다. 한 치도 양보 없이 불꽃 튀는 빛살의 아름다움···. 금방 햇빛 세력은 세상 그 어떤 것보다 광대하고 일방적이다. 큰 붓으로 쓱쓱 문지르듯 잿빛 하늘 야금야금 먹기 시작한다.

단 하루 쉬는 법 없이 지글지글 타는 지열이다.

* 「뜬금없는 소리 61~64」는 백시종 소설 「오옴하르 음악회」 패러디.

덧문 닫는 가을

떼 지어 몰려와서 아우성치는 저 바람결.

까막눈 육조 혜능이 남해 법성사에 이르렀을 때였어. 때 마침 인종 법사가 열반경 강의하고 있었지. 그 참에 바람 불어 절집 깃발이 나부끼자 논쟁이 벌어졌어. 어떤 스님은 깃발이 나부낀다 하고, 어떤 스님은 바람이 나부낀다, 우 겨댔지. 좀체 입 겨룸 끝날 기미 보이지 않는 난장이었지. 그때 슬며시 혜능이 끼어들어, 까막눈 혜능이 끼어들어 "깃발이 나부끼는 것도 아니요, 바람이 나부끼는 것도 아니야. 바로 그대들 중심이 흔들리는 게야."

그러게.
가을이 덧문 닫고
산 그림자 호수를 감싸네.

열탕 끌탕에

물난리 불난리는 구경이 더 저릿헌 겨.

못 입어 잘난 늠 없구 잘 입어 못난 늠 읎단 말이 냄의 얘기 아녀. 되질은 될수록 줄어들구 마까질은 달수록 는다니께. 암만… 어채피 있는 말 놔두구 읎는 말이 더 요란허것지만 그래도 그러면 못써. 언제 큰 것을 봤어야 작은 것을 알기나 알지. 말에 도장 없다구 함부로 입방아 찧지 마. 네미랄, 손바닥에 털이 나나, 모래가 싹을 틔우나? 이마에 밭이랑 타가며 떠들어쌓구, 떠들어쌓구. 지금은 비유비생非有非生 역유역무亦有亦無로다, 있다구 허재두 있는 게 아니구 읎다구 허재두 읎달 게 아니지만 허구헌 날 놉 아니면 품앗이구, 홀앗이 아니면 생멕이 천지니, 성폭행 생멕이 천지니 이 작것을 그냥 아닌보살허구 앉아서만 구경헐 수 있것남… 생멕이 뭔줄 알기나 알감? 놉은 서방질, 품앗이는 지집질, 홀앗이는 오입질, 생멕이는 강간이다 이 말이여. 하여거나 경향간에 생멕이 천지니 나 원 참… 홍뚱 황뚱 해동갑을 허구서두 흰소리 해가매 속절읎이 군소리만 씨월거려 부앳가심 돋구구. 내 뭐래여, 물난리 불난리는 구경이 더 저릿헌 겨.

그러매, 열탕 끌탕에 오장 다 뒤집힌다 이 말이여.

제6부

후투티에 관한 간추린 보고

슬픈 그늘 속눈썹은
수백 개 비수였다.

밤하늘 열두 별자리만큼 얼굴빛 도드라진 오디새 검붉
은 주근깨는 온 열방 주름지게 했다. 둥근 두 개 눈꺼풀은
달 위에 낫처럼 드리워져 있고, 크고 긴 털볏 자유롭게 접
다 펴다가 불길처럼, 물살처럼, 천둥소리 앞서 오는 번개
처럼 날고 있었다. 우 우 우 탄식하는 바다 건너 두려움의
골짜기 어둠의 낙진 마냥 그리 날고 있었다.

새들이
어느 활짝 갠 날
칼춤 추고 있었다.

흔들리는 시먹*

취기 무르익어야 비로소 붓을 들었지.

본디 근본 알 수 없는 호생관 최북崔北**은 애꾸눈 환쟁이
였어. 북北자를 파자破字하여 칠칠七七이란 여벌 이름 더 잘
알려진 그는 껄·쩍·지·근 괴팍한 성미에 술 즐기는 고주망
태였어. 날이면 날마다 대엿 되를 들이부었고, 어느 날 술
김에 그림을 그리는데 붓끝 시먹이 오락가락 얼비치고 겹
겹으로 가물거리는 게야. 기연가미연가 이생 물빛이 당최
가물거리는 게야. 한쪽 눈 지긋 감고 외눈으로 다시 보자
그제야 한 가닥 시먹이 뚜렷하게 뵈는 게야. 아하, 그림 그
리는 데는 구태여 두 눈이 필요 없고 오히려 거추장스러운
게 아닌가? 서슴없이 붓대로 한쪽 눈을 찌른 게야. 암,
암… 허옇게 말아 올린 눈이 아닌, 흔들리는 반쪽 이생을
냅다 찌른 게야(그 뭣이냐? 찔린 눈은 숯덩이처럼 멀어버
렸지). 한 평생 애꾸눈 환쟁이로, 미치광이 환쟁이로 업신
여김 받았으나 함, 부, 로, 최산수崔山水***를 내돌리기 꺼렸
으므로

엽자금葉子金**** 바리로 준대도 어림없는 소리였지.

천궁天宮*

추녀 끝 무너져 내려 역병疫病 실은 도수장
어섯눈 반나마 뜨고 푸주질에 동이 튼다,
돝고기 한 칼 떼어 파는 봉두난발 울 아부지.

돌확에 뜬 유월 구름 갈필 따라 떠나간다.
　소리라도 꽥 지르면 깨져버릴 투명 하늘. 주검 같은 침
묵 흐르고 소가 지레 똥을 지린다. 중생대 그 거대한 파충
류 뼈대인가, 주검 같은 침묵 흐른다, 으스스 소름 끼친다.
멀리 허공 날숨 쉬다 우뚝 선 농우소가 뱃구레 터뜨릴 듯,
뱃구레 다 터뜨릴 듯 울부짖는다. 길마 위 밀삐 끈에 꽁꽁
묶인 낫달 마저 잘라내고, 휘어 번쩍 쇠도끼를 뒷등에 숨
긴 아부지 울 아부지, 농우소 옆댕이 빙빙 돌고 있는 울 아
부지. 퉁방울 쇠눈처럼 두 눈이 이글거리는 한순간 생목숨
정수리에 도끼날 내리꽂는다. 무너져 내린 추녀 그림자 허
옇게 드러난 머리뼈의 깊은 상처 핥으며, 핥으며 먹빛 그
림자 번져간다. 파르르 네 다리 떨다 말고 긴 꼬리 중봉中
鋒**이나 느닷없이 꺾이 드키, 긴 꼬리 붓의 중봉 허허 그리
꺾이드키, 통나무 그러안고 참숯 재로 거꾸러진 소. 무명
옷깃 인두화 자국, 주검의 핏자국 여기저기 칠갑하고

동구 밖 까마귀 두 마리, 깍 깍 딸꾹질 해댄다.

살도 뼈도 발라내고 각을 뜨는 날랜 손질
무자리 천출 백정은 그예 칼을 벼린다지.
돝고기 한 칼 떼어 파는 봉두난발 울 아부지.

* 도살장.
** 서예 용어. 붓의 털 부분을 가지런히 하고 붓끝 위치를 중간쯤 가게 운
필하는 방법을 중봉법이라고 한다.

동백꽃, 객혈하듯

주리고 헐벗고도 낙낙한 오지랖 지녔데.

　내 누이 소꿉친구 고정희를 입어가 버린 지리산 비탈바위, 물기 젖은 비탈바위, 돌이끼 물빛 감고 가전체假傳體 쓰고 있데. 눈 또랑또랑 키 작달막한 김남주를 앗아가 버린 그해 2월 산자락에, 볕바른 산자락에, 선홍색 객혈을 하듯 흐드러진 저 동백꽃. 단정학丹頂鶴 이마 같은, 멀리 보면 들불 같은, 활짝 피는 개국開國의 절정에서

　누긋한 봄물 휘감고 막줄 길 그리 가데.

뜬금없는 소리 65

이만큼 세월은 이미 기울어져 가는 건가?

사립문 양쪽으로 개복숭아 고욤나무 두어 길 남짓 자라 있었다. 돌뽕나무 한 그루는 따로 물러서서 늙어갔다. 울타리 밑엔 사철 찔레 덤불 어우러지고, 비름 질경이 뱀딸기 따위가 해마다 제멋대로 자라 우북이 잡풀 밭 이루곤 했다. 뒤꼍 추녀 밑이 아니고는 응달진 데가 없었지만 울 안은 늘 음침하고 써늘한 기운 께름하게 맴돌았다. 울타리 한 모서리엔 거적때기 앞만 가린 지붕 안한 뒷간이 휑하게 나 있고, 마루 밑은 고랫재 파낸 시커먼 고막이가 여럿이라 더욱 그리 냉랭했을까?

싸라기 듬성듬성 섞인 쑥버무리 끼니 잇던 날….

뜬금없는 소리 66

와락! 역장 무너졌다, 피난 갔다 돌아오자.

삼강 밑엔 목 부러진 숟가락뿐, 먹잘 것이라곤 사방을 휘둘러봐도 세월없이 괴어 흐르는 우물물뿐이었다. 진잎에 된장 푼 국물로 뱃구레 채우고, 밀기울 개떡으로 요기해서라도 주려 죽는 사람 없었다. 내남없이 난리 끝에 우습게 지어 거둔 농사라 세안부터 양식 달랑거리지 않은 집 없었으므로, 그 무렵 부황 안 난 가옥이 드물었고 채독 들지 않은 사람 귀하던 시절이었다. 해토머리 맞고부터 곡기 끊긴 집이 하나 둘씩 늘어갔다. 주리다 못해 허리띠 졸라매고 들머리 둘러보면 보리밭은 빈둥 세월, 기차게 한가로웠다. 어느 세월 어느 어름 배동 서고 이삭 패어 풋보리 죽이나마 뱃구레 두들기고 양을 채우게 될지? 한심한 노릇이었다. 추녀 끝에 매달린 시래기 몇 두름 진동항아리 모시듯 할밖에. 하면, 하면…. 푼돈이나 얻어 연명할 수 있는 수단이라곤 개펄에 나가는 노릇이었다. 게나 조개 고둥을 잡든가, 파래를 뜨는 방법, 산에 올라 땔감을 해다 돈사서 가루 되라도 팔아다 끼니 잇는 방도밖에.

그렇게 삼동 물리고도 웬수처럼 해는 길었다.

152

뜬금없는 소리 67

쟁반, 예반 깎아먹던 솜씨가 남달랐다.

연장 망태만한 구럭 속에 먹통을 비롯 까뀌, 가심끌, 깔종, 후리대패, 굽자, 갖은 톱 등속을 담아 들고 게으름 없이 드나들었다. 손속도 걸싼 편이었다. 본뜨는 솜씨도 여간 아니어서 원반, 개다리소반, 책상반, 호족반, 두레반, 교자상이며 손만 대면 무엇이든지 이루어지지 않는 게 없었다.

소목장 대목장도 아닌 목공 요셉 너름새로.

뜬금없는 소리 68

천 년을 값어치 없이
내버려진 돌은 문득

요긴한 사람에겐 쓸모가 보이면서 비로소 석재石材라는 이름 얻고 가치가 주어진다. 그럴 기회 얻지 못한 돌은 천 년 만 년 그리 묵어도 골동骨董이 될 리 만무다. 돌이란 애시당초 용모가 곧 쓸모이다. 장중한 바위로부터 간지러운 자갈에 이르기까지 타고난 성질만은 매한가지. 더위에 지쳐 늘어짐이 없고 장마에 젖으나 물러지지 않는다. 가벼워지거나 무거워지지 않고, 망치로 얻어맞아 깨지긴 해도 일그러지거나 무름해지지 않는다. 옛 글에 단사丹砂를 갈더라도 그 붉은 빛을 빼앗을 수 없고, 쇠뭉치로 깨뜨려도 그 굳음은 훔쳐낼 수 없다고 일렀다.

그렇듯
산이 높으면
달이 작게 보인다.

뜬금없는 소리 69

오동나무 높가지에
왕눈이 달이 한 채.

그 아래 모닥불이 뜨물보다 짙은 연기 무덕지게 피워 물었다. 콩깍지 마른 참깻대 따위 한 아름씩 안아다 불에 얹었다. 이글이글 화룽화룽 불이 타오르자 콩깍지 터지는 소리, 덜 털린 참깨 타는 냄새 고소했다. 모닥불은 줄창 지펴지고 달빛은 또 그리 고와 동네는 밤새껏 마냥 황혼녘이었다. 뒷산 등성이 솔수펑이 속에서는 어른들 코울음 같은 부엉이 울음 마루 밑에서 강아지 꿈꾸는 소리처럼 정겹게 들려오고. 쏏쏏쏏쏏 이따금 머리 위에서는 기러기 떼 날갯짓 소리 어둠을 비질하고 끼룩끼룩 울음소리 들릴 즈음이면 마당 가장자리에는 가지런한 기러기 떼 어린진 그림자가 달빛을 한 움큼씩 훔쳐 달아나고 있었다.

교교한
무야戊夜의 하늘
개밥바라기 잠들 참에.

뜬금없는 소리 70

난초 치는 붓끝 세운 마늘 싹 참 파릇허제.

개고락지 기시기에 털 난 걸 보기나 했남? 제기랄…. 쇠비름 바랭이 질경이 민들레 참비름 여뀌 다북쑥 명아주 마타리 더위지기 따위들은 당장 뜯어먹어도 살로 갈만큼 탐스럽고 기름져 보였어. 소리쟁이 안질뱅이 씀바귀 방아풀 등속이 지천으로 돋아있어도 그냥 지나치기도 했제. 어디 그 뿐인감. 능쟁이 논게 황발이 방게 나부랭이를 무슨 큰 비린 반찬처럼 여기고 곧잘 떼 지어 게 잡이를 나서곤 했어. 첫배 과부 남정네 코고는 방 엿보듯 무심헌 하늘이나 힐끔거리지 말지. 아서, 아서…. 논두렁에 갇혀 산다구 무지렁이루 알면 큰 코 다쳐. 이런 디서 살아도 짐작이 천 리구, 생각이 두 바퀴란 말이여. 말 안허면 속두 없는 줄 아남? 촌것이라구 깔보다가 불개미에 '빤쓰' 홀랑 벗을 줄 알아라. 쯧쯧…. 밤도적이 세상 바뀌끼게 낮도적 뺨친다니께.

오뉴월 쇠불알 보구 소금종지 들구 나서는감?

*「뜬금없는 소리 65~70」은 이문구 연작소설 「관촌수필」 참고.

156

손가락 글씨

뭉툭하고 덜 기름진 소탈 호방 손가락 글씨….

몽당붓 몽당연필 하마나 아닐망정 그런대로 낙필落筆하여 주어진 한 몫 구실 떳떳하게 지탱했다면 그것으로 위안얻게 될까 몰라. 애초에 사문斯文을 따르지 못하였으므로, 나이 일곱 질[七秩] 넘도록 건둥반둥 구이지학口耳之學 살아갈 방도 찾는 일에 그쳤으므로, 얼굴을 들 수 있어도 뒤통수 부끄러워 못 다닐 지경에 이르지 않았는가? 부벽준斧劈皴 우점준雨點皴이나, 피마준披麻皴 미점준米點皴이나, 이름붙일 만한 준법皴法 또한 멀리 해도 기어코 눈길 사로잡는 빼어난 준법 끌어낸 장삼이사 손가락 글씨. 화려하게 치장하는 기교 아닌 '나답게'를 드러내고자 곡진하게 써내려간 손가락 글씨. '크게 공교로운 것은 서툰 것과 같다'고 방점찍는 대교약졸大巧若拙 말마따나 정련된 소박미素朴美, 심오한 단순미單純美, 숙성된 평담미平淡美, 분산된 통일미統一美, 배경 또한 알맞추 앉힌 조화미調和美 등속 가운데 어느하나 소홀하고 서운함 없는 궁륭같이 원만하고 소탈 호방한 손가락 글씨….

들오리 물갈퀴 자국도 비뚤 빼뚤 손가락 글씨닷!

버나잡이 시나위

#1.

버나잡이 썩 나서서 시나위놀음 사설 푼다.

자, 이놈의 물 대접이 돌아가는 걸 보시오. 기생집 큰아기 궁둥이 돌리듯, 자드락길 올라가는 피마 궁둥이 돌리듯, 기름 먹인 방앗공이 돌아가듯 돌아가는 물 대접이오. 앵두나무 막대기 왼손에 쥐고 버나를 때리면서 돌리는 때림사위로 신명 잡다 갑자기 몸을 한 바퀴 홱 돌리면서 버나를 공중으로 올렸다 다시 받아 돌리는 던질사위 이어진다. 왼발 사이로 팔 집어넣어 다리 사이로 버나를 던져 올렸다가 바른손에 쥔 막대로 다시 냉큼 받아 돌리는 다리사위. 앵두나무 막대 두 개 중에 한끝에는 바늘 꽂아 버나를 돌리다가 버나가 하늘에 뜬 것처럼 보이는 버들버나로 이어진다. 뼘 가웃 곰방대 끝에 다시 닷 뼘 장죽 세우고 그 위에 다시 앵두나무 막대 연이어 세운 다음 버나 돌리는 삼동버나로 이어지자

고년 참…. 구경꾼들 입에선 탄성 절로 터진다.

#2.

아서 아서 노루잠에 개꿈이지, 개꿈이지.

제 호주머니 꽃값 없으면 유난 떨지 말고 구경이나 착실하게 해 두는 게지. 버나잡이 개복청으로 사라지자 살판쇠 멍석 안으로 썩 나서며 마수걸이로 팔꿈치와 무릎 붙여 엎드리고 곱게 거꾸로 곤두박질하는 노루걸이 땅재주 부리는데 어디서 튀어나왔는지 상통이 오종종하고 키꼴이란 게 소낙비 오는 날엔 코에 흙탕물 튈 것 같은 어릿광대 살판쇠 상대로 재담을 매긴다. 이제 굿판에선 파장 바람 덧뵈기춤이 자진모리로 무르익는다. 굿판에 남은 뜬쇠며 버나잡이, 어름사니, 애사당 계집들 할 것 없이 멍석 위로 쏟아져 나와 금줄 주위를 춤사위로 돌고 있는데, 개꼬리 상모 쓴 상무동님 멍석 한가운데 벗어나며 걸음사위춤 엮어 올린다. 방정맞은 양반 걸어가듯 발을 꼬아 걷는 까치걸음 사위, 굽은 떼지 않고 무릎만 굽혔다 폈다 하며 춤추듯 걷는 게걸음사위, 두 손 쳐들어 마주 잡고 고개 좌우로 까딱거리며 흔들어대다 한편 몸은 옆으로 나아가되 발은 떼지 않고 굴리며 매기는 가재걸음사위…. 막바지에 이르러서, 오른손은 오른손 어깨에 걸치고 어깨를 안으로 잔뜩 움츠

려 한 바퀴 휘그르르 돈다. 수탉이 암탉 덮치듯 얼싸안는

짓거리 시늉하는 빗사위걸음 곧장 자지러져 내리고

저마다 몰아쉰 한숨, 박수소리 무너진다.

* 김주영 소설 「객주」 부분 패러디.

뜬금없는 소리 71

젖비린내 덜 가신 녀석 괴딴소리 작작하네.

이 무골충아. 궁리를 튼다는 게 고작 그 모양, 그 꼴이 냐? 넌 허우대 하난 호랑이 아재비인디 궁리 트는 건 족제 비 사촌이란 말이야. 키꼴은 금강장사 지팡이같이 훤칠헌 디 꼴같잖은 사추리 내놓고 돌아다니면 동네사람 구경꺼 리 됐을 꺼. 허우대는 장부 꼴 비스름헌디 염량은 영 시원 찮아. 개천에 용이 빠지면 얼씨구, 각다귀 먼저 판친다더 니만… 대변을 덮는다고 구린내 가실 줄 아나? 시끄러. 시 끄러. 자발없고 느자구 없는 것아. 얼라새끼 어르다가 끝 내 얼라새끼 울린다더니만 천생 그 꼴이 그 꼴이 됐군. 앰 헌 사람 등 치고설랑 배 문질러주는 꼼수인가? 개똥 위에 굴러 다녀도 이승이 좋다는 말은 빈 말이 아닌 게여, 내 원 참….

발밑이 푹 푹 꺼지는 서늘한 전율이라니!

뜬금없는 소리 73

송홧가루 흩날릴 때 오는 그 소금 최고여라.

염부塩夫의 땀을 먹고 소금은 진짜 소금이 되제. 뜨거운 땡볕 아래 소금땀 몇 동이씩 쏟아내야 겨우겨우 거둘 수 있는 거이 소금이라, 소금이라. 온몸 근력 죄 쏟아내는 그 대파질 겁나겁나 힘이 들어. 기다림의 결정체가 짜디짠 소금 아닌감? 햇볕 · 바람 · 시간 3박자 두루 갖춰야 소금꽃 영글어가제…. 머나먼 땅 이집트서 예까지 온 티투 씨여. 전라도 영광 아재와 이집트 청년이 2인 1조 소금밭 숨 고르기 하고 있제.

소금이 금은 금인디
수입 소금 땜에 금이 없어.

뜬금없는 소리 74

살무사 한 번 묵었다 허문
양기가 분수 솟듯 허제.

암턴, 비암 씹는 입놀림이 참 볼만허지. 연자방아 굴리
듯이, 맷돌 솰솰 돌리듯이, 소 새김질 그리 허듯이, 씹고
또 씹어 보는 이로 하여금 군입 다시게 허제. 나무 그늘 밑
에 앉아 가물치회 씹듯, 다랑논 못자리 해놓고 막걸리잔
기울이며 많고 많은 잔가시 잘근잘근 전어회 씹듯, 제아무
리 전어회가 별미라 해도 은근하고 달콤하고 입안에서 사
르르 녹는 숭어회 맛 따를 수 없제라. 양반회라 일컫는 숭
어회보다 고소한 붕장어회, 입에 착착 달라붙는 낙지회,
쫄깃쫄깃 은어회, 나긋나긋 감칠맛 도는 피라미회, 새콤달
콤 모래무지회…. 어라 그 무슨 회, 무슨 회 해도

혀끝에 여자 감치듯
살살 녹는 살무사 회여.

* 문순태 소설 「철쭉제」 참고.

뜬금없는 소리 75

쑥대머리 귀신형용
적막 옥방 홀로 앉아….

선학동 마을 뒷산 영락없이 스님 모습 닮고 있었다. 마을 뒤쪽 관음봉은 고깔처럼 뾰족하게 하늘로 치솟아 올라 법승法僧 머리를 방불케 하였다. 정상을 한참 내려와 좌우로 길게 펼쳐 내려간 양쪽 산줄기는 앉아 있는 한 스님 장삼 자락 형상이었다. 게다가 마을 앞 포구에 밀물이 차오르면 관음봉 쪽 어딘가에서 둥, 두둥 북을 울려대듯 신기한 지령음地靈音이 들려오곤 하였다. 솨, 솨, 솨… 솔바람 소리에 쑥대머리 한 대목이 묻어오는 듯도 하였다. 어디 그뿐인가. 포구에 물이 들면 관음봉 그림자가 영락없는 비상학飛翔鶴 형국을 지어냈다. 하늘로 치솟아 오른 고깔 모양 주봉은 마침 힘찬 비상 시작하는 학의 머리요, 길게 굽이쳐 흐르는 양쪽 산줄기는 그 날개 형상이 완연했다. 허나 관음봉은 이제 날지 못하는 한 마리 새,

선학仙鶴이 끝내 날개 접고
주저앉은 터였다.

* 이청준 소설 「선학동 나그네」 참고.

뜬금없는 소리 76

쥔네가 걸음발 허문 곡석도 다 눈치 챈디.

곡석은 주인 발소리에 여문다 하지 않았남? 부지런은 값 없는 보물, 그 말이 거짓말 아녀. 잔꾀나 거짓부렁 그런 것은 어리빙빙한 얘기여. 앞뒤가 다른 건 작물한테 안 통해, 안 통해. 앞허고 뒤, 껍딱이나 속아지가 똑같애야제. 어느 뉘가 목구녕에다 칼을 갔다 대도 거짓으로 얼버무리면 안 되지, 안 되야. 근심엽무根深葉茂 뿌리가 지프문 잎싹이 무성하다, 머이든 기초를 짱짱하게 다져야 한다 그 말이제. 땅은 돌본 만큼 대가를 돌려 주제. 근디 나랏일 허는 사람들 그 대가 바르게 안 돌려 준게 고것이 문제여. 거짓이 판을 흔드는 그런 시상 아닌감? 우리 같은 무지렁이 이날 평생 억을 못 만지고 산디, 뉴스 보문 억! 억을 천이나 백만 치로 수월찮이 이야기허대. 그것이 몹쓸 시상이여. 촌에는 천금도 없고 대박도 없어. 흘린 땀만큼만 얻는 게여. 일미 칠근一米七斤이라, 쌀 한 톨에 일곱 근 땀방울만 바쳤겠는 가? 아먼, 아먼… '아먼'이란 긍정과 동의의 추임새로 마침 표 꾹 찍고 말제. 우리는 누구 맹키로 이녁 낯짝 뀌미는 재미보다 내 밭뙈기 뀌미는 재미가 훨썩 쏠쏠한디.

해보다 먼저 일어나 땅심부텀 길러야제, 아먼.

뉘엿뉘엿 지는 흑매화

산 너머 새털구름
하품하고 돌아눕네.

졸음 겨운 섬진강가 무릎 반쯤 담가놓고 묵상에 잠겨 있
는 저 산 너머 산. 구례 화엄사 각황전 마르고 뒤틀리고 뉘
엿뉘엿 지는 매화 한 그루, 붉디붉다 붉지 못해 검붉은 흑
매화 한 그루, 낡은 단청 각황전 서까래를 장엄 진홍 물들
인 흑매화지. 서리바람 시달리면 그 줄기 뒤틀리고, 인고
에 대끼고 대끼면 그 뿌리 쓴 법이지. 가느스름 실눈을 뜨
고 보았는가, 보았는가. 등걸이 휘굽었다고 아름답지 않은
매화 어디 있으며, 그 뿌리 씁쓰름하다고 향기롭지 않은
열매 어디 있던가?

눈부신 날빛 비늘이
황금 고기 떼로 쓸려 가네.

* 이외수 소설 「황금비늘」 일부 패러디.

돈을새김 망새

용마루 내림마루에, 트레머리 귀마루여.

돈을새김 하늘 찌른 망새 망와 너볏허제. 우리는 그까짓 눈먼 돈 당아 안 만져봤어. 그런 걸 부럽다고 여기질 않고 말고. 차떼기 뭉칫돈 말고, 한 푼 두 푼 발품을 판 떳떳허 고 떳떳헌 지전紙錢, 눈물 콧물 얼룩진 지전이 바로 깨끗한 돈이라. 용마루 내림마루에 청기와 십오만 장 올렸다는 저 푸른 집 청와대에 사는 사람. 나랏일, 그 중헌 일 제쳐놓고 이녁 낯 주름살 고른 디다 힘을 쓰문 쓰겠소? 용마루 내림 마루에 망새 망와 너볏하문 좋제. 지붕이 왜 지붕인지 알 기나 알간? 하늘허고 제일 가깝잖애! 그려, 그려. 지붕은 초혼招魂의 처소지라. 함부로 짓까불고 속창새기 하나 없 는 '공항장애' 아짐씨 설쳐대는 그런 자리 아니지라, 아니 지라.

햇볕도 바람도 들랑⋯ 몸공 들인 만큼 높은 자리여.

사설시조, 현대의 하늘을 날다

김학성

성균관대 명예교수

1. 자유자재한 형식 운용

우리시대 시조단의 거장 윤금초 시인의 사설시조집 『뜬금없는 소리』를 음미하는 의미 있는 계기를 갖게 되었다. 그의 사설시조는 현대사설시조의 위상을 가늠할 수 있는 기회를 마련하기 때문이다. 사설시조를 접할 때마다 우선적으로 요청되는 평가의 기준은 해당 작품이 과연 사설시조의 특성을 얼마나 잘 구현하고 있으며, 옛 사설시조의 전통을 넘어 그것을 얼마나 창조적으로 발전시키고 있는가에 초점을 둔다. 사설시조가 사설시조다운 특성을 가지려면 무엇보다 먼저 형식 운용에서 필수적으로 갖춰야 할 요건이 있다.

잘 알다시피 사설시조는 평시조를 형식 틀로 삼아 말수를 늘여 장형화된 형태이다. 그런 까닭에 평시조 형식의 중첩을 통해 실현되는 연시조의 장형화와 달리 사설시조의 장형화는 '평시조의 구조 안에서 실현된다'는 사실을 잊지 말아야 한다. 즉 아무리 장형화가 이루어진다 하더라도 초 · 중 · 종장의 3장 구조는 엄격히 준수해야 하고, 종장의 첫 음보는 3음절로 고정되고 둘째 음보는 과음보로 실현되어야 하는 것이다. 그리고 각 장의 4음보 율격은 4개의 통사·의미 단위구로 확장하되, 그 확장의 방식은 2음보 연속체로 말을 엮어 나가는 것을 원칙으로 삼으면서 어느 정도의 일탈은 허용한다. 사설시조의 이러한 엄정한 형식 틀과 허용의 틀을 제멋대로 무시하고 말수를 자유방임적으로 늘여가다 보면 자유시처럼 되어버려 마침내 자유시와의 경계가 무너지게 된다. 문제는 이런 식으로 자유시와 분별이 되지 않는다면 사설시조는 존재 이유를 상실하게 된다는 것이다.

그래서 사설시조가 아무리 양적 팽창을 보여 장형화된다 하더라도 초·중·종장의 3장으로 완결해야 한다는 대원칙은 반드시 지켜야 하고, 3장 가운데서도 특히 중장을 확장하는 경우가 일반적이라는 것도 염두에 둘 필요가 있다. 이럴 경우 초장에서는 평시조의 4음보 율격을 그대로 따르면서 시상을 일으키는 것으로 족하고, 중장에서 말을 촘촘히 엮어나가되 어디까지나 초장과 연계된 감정의 확장으로 이루어지며, 그 말 엮음의 방식은 2음보격으로 사설을 풀어내거나(풀이성), 말을 놀이화하여 엮어 짜거나(놀이성), 말을 재미나게 주어 섬기는 방식(어희성語戲性)을 취한다. 사설시조를 가리켜 엮음시조(편編시조), 주슴시조(습拾시조), 말시조(사설辭說시조)라는 이칭으로 부르는 이유다.

사설시조의 이런 특성으로 인해 2음보격 연속체라는 경쾌 발랄한 율격으로 엮어 짜는 형식적 요건 못지않게, 말 그 자체의 엮음의 재미와, 풀이성과 놀이성이란 내용적 요소 또한 사설시조다움의 필수 요건이 된다. 이때 2음보격 연속체 율격 실현은 반드시 지켜야만 하는 강제적 법칙이 아니라, 그에 따를 수도 있고 따르지 않을 수도 있는, 공감적으로 실현하는 허용적 율동형이므로 무조건 복종해야 하는 것은 아니다.

이번 윤금초 시인의 사설시조집을 그 형식 운용 면에서 일별해 보면 평시조의 완결된 형식으로 초장을 대치하여 시상을 열거나 종장의 마무리를 짓는 한두 편을 제외하고 나머지 110여 편에 이르는 절대다수가 시조의 3장 구조 원칙과 종장의 율격 규율을 잘 지키고 있어 자유시와의 경계를 분명히 하고 있다. 다만 중장에서 허용 율문으로 구조화되는 2음보격 연속체 엮음의 방식은 강제적 규칙이 아닌 공감적 율동형이므로 때로는 따르기도 하고 때로는 따르지 않기도 하는 자유자재의 형식 운용을 보여 주고 있어 옛 사설시조의 관습적 율격에 무조건 속박되지 않는 생산적 운용 양상을 보여주고 있다.

이럴 때 자유시와의 경계가 문제가 된다. 자칫하면 사설시조 특유의 형식적 멋을 찾아볼 수 없는, 그래서 자유시로 전락할 가능성이 커지기 때문이다. 따라서 형식적 허용률에 따른 일탈은 함부로 시도되어서는 안 되는 것이다. 사설시조의 자유시적 일탈은 신중히 시도하되, 반드시 말 부림(조사措辭)의 사설시조다움이 수반되어야 하고, 수사적修辭的 차원의 과장과 열거에 의한 '사설성'(놀이성과 풀이성)으로 반드시 극복되어야 하는 것이다. 그래야 자유시와 변별력을 가진 사설시조가 될 수 있는 것이다. 뒤집어 말하면 이러한 사설시조다움의 말 부림이나 열거에 의한 과장의 수사학 같은 사설시조 특유의 언어 장치가 없는 자유율적, 혹은 산문시적 장형화는 더 이상 사설시조가 아니라 자유시가 된다는 것이다. 하나의 예를 들어보자.

　　물너울 붕어배래기 허옇게 뒤집고 까치놀 놀던 자리.

　　내 이냥 저랬던 게야. 이냥 저냥 물에 뜨는 거품처럼 살아온 게야. 따글거리는 가을볕에 물썽한 천성 슬몃 꾸어준 게야. 죄임성 있고 지널성 있게 잇속 챙길 겨를 없이 붉덩물 저녁놀 뒤덮여오면 헌 말로 능갈치는 세상 물기슭 배돌다 서슴거리다 찝찝하고, 걸쩍지근하고, 헙헙한 팔 저으며 내저으며 물렁팥죽 퉁그러져 눈도록 꺽진 소리나 지르다 되지르다 이 골짝 저 골짝 물이 물들이 하고 흘러드는 물목 언저리 못나게, 지지리도 못나게 이냥 저냥 살아온 게야.

　　그러면 그렇고말고. 물이 물답지 않게 얼비쳐 오는 날.
　　　　　　　　　　　　　　　　　　　　　　　　—「물빛 하루」 전문

　언뜻 보아 이 작품은 3연으로 된 자유시와의 경계가 분명치 않아 보인다. 그러나 시조의 3장 구조 원칙과 종장 특유의 율격 규율을 잘 준수하고 있어 자유시와의 경계를 분명히 보여준다. 문제는 형식적 허용률이 용인되는 중장의 사설 확장에서 2음보격 연속체가 주류 흐름을 이루며 사설을 엮어나가는 옛 사설시조의 전통을 많이 일탈하고 있어 자유시적 율동성을 보여준다는 것이다. 그러나 이러한 자유율적 율동성은 "헙헙한 팔 저으며" "꺽진 소리나 지르다" "지지리도 못나게 이냥 저냥 살아 온" "물빛 하루"의 거품 같은 삶을 살아온 생을 되돌아보는 그런 허무한 삶이 야기하는 심중한 '의미'를 전달하는데 목적이 있지 않다. 그랬으면 자유시처럼 되었을 것이다. 작품의 의도는 오히려

그러한 물 같은 사람살이를 말하되 모든 언어가 열거와 과장, 반복의 어법으로 점철된 과장의 수사학 그 자체에 놓여 있는 것이다. 그래서 자유시가 아닌 사설시조 특유의 맛을 음미하게 한다.

이런 말 부림의 특성으로 인해 윤금초 시인의 자유율적 사설시조는 자유시로 전락하는 것을 극복하고 사설시조다움을 구현함과 동시에 현대적으로 세련된, 신선한 참맛을 환기시켜주는 탁월함을 보여주게 된다. 그의 사설시조 작품에서 특히 중장에서의 자유율적 사설체 엮음은 때로는 이야기체로, 혹은 판소리체로, 때로는 타령체로, 혹은 산문시체로 다기하면서도 자유자재한 모습으로 드러나고 있는데, 이런 시도들은 현대의 사설성을 신선하게 보여주려는 다양한 문체적 실험이라 할 수 있다.

2. 말놀이의 달인적 성취

원래 사설시조는 평시조를 비틀고 일탈하는 희작戱作의 방식으로 생성된 것이다. 그래서 2음보격 연속체를 중심 흐름으로 하는 사설시조의 장형화는 자아의 감정이 매개된 시의 특정한 국면이나 상황을 정도 이상으로 과도하게 과장하여 전경화前景化 함으로써 평시조식의 시적 진지성을 벗어던지고 진정성眞情性을 희화화하는 데에 확장된 언어들을 쏟아 붓게 마련이다. 그리고 이런 생성 메커니즘으로 인해 사설시조는 말놀이 곧 언어유희에 의한 말 부림이 사설시조다움의 문채文彩를 드러내는 데 긴요한 방식으로 활용된다. 숫자 9를 말놀이의 소재로 잡은 다음 작품을 살펴보자.

열은 끝이 있어두 아홉은 끝이 없는 수여.

  하늘에서 가장 높은 디는 구민九旻이구, 땅에서 가장 높은 디는 구인九
仞이구, 땅에서 가장 깊은 디는 구천九泉이여. 그 뭣이다 넓으나 넓은 하
늘은 구만리장천九萬里長天이구, 넓디넓은 땅덩이는 구산팔해九山八海이구,
나라에서 가장 큰 관가는 구중궁궐이구 말구. 또 있다니께. 가장 큰 민
가는 구십 구칸이구, 집구석만 컸지 살림살이 쩨고 쪼들리면 구년지수九
年之水이구. 그 땜시 수없이 태운 속은 구곡간장九曲肝腸이구, 수없이 죽다
살았으면 구사일생이구, 그렇게 수없이 넴긴 고비는 구절양장九折羊腸이
구, 어찌어찌 셈평이 펴이어 두구두구 먹구 살 만치 장만해뒀으면 구년
지축九年之蓄이구… 열버딤 많은 수가 아홉인 겨. 아홉은 무한량 무한대
무진장을 가리키는 수가 없는 수니께. 암, 암.

  열버딤 열 배는 더 큰 수가 아홉이구 말구, 참말루!
                                         —「뜬금없는 소리 3」 전문

  이처럼 장형화된 중장은 거의 모든 언어가 열거와 과장으로
점철된 수사적 차원의 언어들로 뒤덮여 있다. 작품의 의미나 주
제 면으로만 본다면 9자가 들어가는 다양한 어휘들이 "무한량
무한대 무진장을 가리키는 수"라는 것을 말하려는 단선적 의미
만을 띠고 있고 그래서 단선적 시상으로 수렴되지만, 정작 초점
이 되고 있는 것은 9자가 들어가는 온갖 어휘들을 주저리주저
리 열거하는 과장의 수사학에 놓여 있다. 그래서 9라는 숫자를
가지고 한번 결판지게 놀아보자는 사설성의 진수를 보여준다.
주섬주섬 주어 섬기는 말놀이의 재미, 숫자 9가 들어가는 어휘
가 조성해내는 인간사회의 애환과, 그들이 뿌리를 두고 있는 하

늘과 땅의 세계만큼 높고 넓은 무한대의 의미를 내장한다는 재미난 모티프를 두고, 주제의 진지성보다는 과장의 언어를 통해 희화화하는 감성적 웃음 그 자체를 보여주는 것이다.

그러면서 이 작품의 특장特長은 단순한 말놀이의 재미로 끝나는 수준이 아니라 아홉이라는 숫자가 열보다 무한대로 크다는 역설paradox과 함께, 인간사의 희로애락을 담는 의미 있는 숫자임을 기발한 위트에 담아 작품을 빛나게 해준다는 점이다. 옛 사설시조에서 말놀이의 걸작은 "저 건너 신진사집 시렁 위에 얹힌 것이~"로 시작되는 「맹꽁이 타령」을 꼽을 수 있지만, 온갖 맹꽁이들의 재미난 형상들을 열거와 과장의 수사로 재치 있게 나열하는 위트의 수준을 벗어나지 않고 있다. 그에 비해 윤금초 시인의 말놀이는 이처럼 단순한 위트를 넘어 인간사의 파토스와 함께 역설의 깊은 의미마저 더해주고 있어 옛 사설시조의 경지를 뛰어 넘고 있는 것이다.

둥글 납작 부푼 가슴 육덕肉德 좋은 한 아낙이 절집 해우소 들어갔는데요.

이리 옴쭉 저리 옴쭉 오금 조인 괄약근 풀어놓고, 펑퍼짐한 둔부하며 미어지게 풍만한 살을 이냥 내맡기고, 애 끓고 태우는 속 시정市井 잡일 접어두고 쉿 쉿 쉬 쉬를 거두고, 무덕무덕 덤턱스레 볼일 보다가 천야만야 낭떠러지 허구장천 아득한 저승길 해우소 밑바닥 내려다보는 순간 아 아악! 기겁하여 토사곽란 몸부림치는 서슬에 세상 오만 꽃이란 꽃은 화들짝, 화들짝 놀라 오종종한 입시울이 일시에 벙글어졌는데요.

까르륵 배꼽 잡고 웃다 꽃이 저리 붉어졌대요.

—「해우소解憂所」전문

174

앞의 작품이 단순한 말놀이를 넘어 역설과 위트가 어우러진 인간사의 예지鍛智를 보여준 것이라면, 이 작품은 감칠맛 나는 말 부림의 위트를 넘어 말놀이의 가장 높은 단계인 해학과 어우러져 각박하기만 한 인간사에 윤기潤氣를 더해주는, 흐드러진 고급의 웃음을 제공해주고 있다. "육덕 좋은 한 아낙"이 해우소에서 대소변의 "볼일"을 보는 골계적 행태와 함께, 해우소의 깊이에 놀라 "기겁하여" 비명을 지르는 그런 우스꽝스러운 행위는 도덕적 가치와는 전혀 무관하게 표출된다. 품위와 격식, 예의와 염치 같은 인간사의 도덕적 규제와 억압들을 벗어나 인간적 생리현상과 있는 그대로의 모습을 보여주는 것이야말로 비판적 시선에 기저基底한 풍자의 대상이 아니라 현대를 살아가는 우리의 친근한 이웃으로 다가오고, 그래서 더 아름다운 모습으로 우리의 오감을 강렬하게 자극하는 것이다.

그런 까닭에 해우소에서 일어나는 육덕 좋은 한 아낙의 품위나 예의, 염치를 벗어난 행위가 유발하는 웃음은 메마른 사회에 따스한 진정제 같은 역할을 하는 밝고 건강한 웃음에 해당하는 것이어서 현대사설시조가 이룩해낸 해학의 진수를 보여주는 드물게 보는 명작으로 평가된다. 나아가 도덕이나 윤리적 가치에서 벗어난 미적 가치의 힘을 이 작품의 해학은 종장의 재치 있는 위트와 결합하여 드높은 경지로 보여주고 있어 그러한 평가를 더욱 뒷받침해준다. "까르륵 배꼽 잡고 웃다 꽃이 저리 붉어졌대요"라고 한 종장의 발화는 기발한 위트와 위무慰撫의 해학이 결합하여 이룩해낸 웃음의 극점을 보인 것이기 때문이다. 이렇게 윤금초 시인의 말놀이는 말놀이 수준의 위트를 넘어 패러

독스와 결합으로, 또 그것을 넘어 해학의 높은 경지로 승화시키는 달인적達人的 솜씨를 우리에게 선사한다.

3. 숭고와 비장에 사설의 옷을 입히다

미학적으로 숭고崇高는 위대하거나 걸출한 것, 강력하거나 완전한 것, 영구적이거나 신비한 것, 고고孤高하거나 심원한 것 따위를 소재로 하여 그 고귀하고 탁월함에 압도되는 외경畏敬을 느끼는 데서 구현된다. 따라서 그 어법은 진지하고도 엄숙한 담화에 기반을 두게 마련이다. 그런 까닭에 순수하고 소박하고 경쾌하고 발랄한 말씨가 주종을 이루는 희작으로서의 허튼소리가 중심이 되는 사설시조의 사설성에는 걸맞지 않는 미학이라 할 수 있다. 미학적으로 숭고와 이웃하는 비장悲壯 역시 지고至高한 것을 빼앗기거나 위대한 것, 고귀한 것을 상실하거나 패배를 당할 경우 구현되는 것이므로 사설시조의 사설성을 담보하는 말부림과는 원칙적으로 어울리지 않는다. 그럼에도 윤금초 시인은 탁월한 장인적匠人的 솜씨로 숭고와 비장의 미학을 마침내 구현해 낸다.

야하압! 날카롭게 바람 가르며, 가르며
한 줄기 푸른 섬광 번개처럼 춤추었지.
모조리 내 실핏줄이 자지러지고 자지러졌지.

신검神劍 우는 소리 듣고 무사武士가 고개 들었지.

백 개 칼 재단하고, 백 개 칼 부러뜨리고, 한 치 틈도 허용 않는 만 번 담금질했지. 만 덩이 숯 재가 되도록 풀무질 거푸했지. 달아오른 칼빛으로 이글거리는 메질꾼 눈, 살과 뼈 칼 속에 넣고 정신을 정신없이 두드리면 시간의 강물도 낮과 밤 가로질러 소리 죽여 흘러갔지.

　하늘엔 새털구름 자락 초가을 비질했지.

　번뜩! 살기 섬뜩했지, 작고 날카로운 신검은.

　쇠를 칠 때 한 번, 쇠를 식힐 때 한 번, 숫돌에 칼을 갈 때 한 번 피를 먹였지. 물고기 비늘 퍼런 야생野生의 빛 번득이는 그 신검, 초사흘 청명한 초승달 날같이 예리한 그 신검. 부르르 칼이 울었지. 머리맡에 놓아두면 먼 강물소리 산을 치고, 산을 깨운 산울림이 자명고 우는드키, 자명고나 우는드키 한 시대 정수리를 내려찍고…. 불어 날린 터럭도 끊는 취모검吹毛劍이 부르르 떨었지. 뜬구름 자른 칼이 울고, 무지개 가른 칼이 울고 사방에 검기劍氣 퍼져나가 나뭇잎 스산하게 흔들리고 꽃잎 어지러이 흩날리고, 가난한 자도 일어서고 힘없는 자도 일어섰지.

　쟁! 하고, 우는 칼 소리 이슬방울 퉁겨냈지.

　　　　　　　　　　　　　　　　　　　　—「신검神劍」전문

　이외수의 소설 「칼」에서 모티프를 잡아 사설시조의 사설성을 손상하지 않으면서 새로운 맛으로 풀어낸 이 작품은 사설시조의 중요한 한 축인 풀이성을 대표하는 명작이라 할 만하다. 대장간에서 신비스러운 칼 곧 신검이 탄생하는 순간의 팽팽한 긴장감과 "살기 섬뜩한" 기운마저 서린, 거기다 "뜬구름 자른 칼이 울고, 무지개 가른 칼이 울" 정도의 위대함, 고귀함, 신비스러움을 지닌 신검이 주변의 사물들을 압도하는 데서 오는 숭고미는, "가난한 자도 일어서고 힘없는 자도 일어서는" 천지개벽

의 위력을 발휘하는 불가사의한 괴력으로 현대의 우리들에게
가슴 떨리는 긍정의 울림으로 오래도록 감동의 여운에 잦아들
게 한다. 신검의 위대한 탄생이 현대인의 나약함을 욱일승천의
기운으로 전환시키는, 그래서 숭고하고 장엄한 아름다움으로
사설시조의 옷을 입혀 탄생하고 있는 것이다.

신검을 소재로 한 이러한 숭고한 것의 아름다움이, 보다 강렬
하고 보다 깊은 의미에서 구현될 때 비장한 아름다움이 성립한
다. 어떤 중대한 사념을 위하여 목숨을 바치거나 태평스리움과
안락安樂을 거부하고 희생할 때, 그 가치를 넘어서는 비극적이
고 장엄한 아름다움이 구현되는 것이다.

> 얼굴빛 습자지만큼 맑디맑고 투명하다.

> 흰색은 색이 없는 것 같으나 모든 색 다 들어있는 본색이다. 흰빛은 천
> 만 가지 색을 가진 생명의 입자粒子. 아무렴⋯. 삐죽삐죽 튀어나온 흰색
> 돌기들은 팔딱이는 '숨구멍'이다. 흰 것은 늘 좀 차고 불편한 색이었는데
> 스스로에게 사는 걸 두려워 말라고, 그냥 껴안아보라고 다그친다. 5 · 18
> 광주 그날. 죽음은 있었지만 죽인 자는 없고, 사실은 있었지만 진실은 묻
> 혀가는 세상이다. 때 절고 더럽혀지더라도 너에게 흰 것을 주고 싶다.

> "죽지 마, 제발 죽지 마" 귀얄질을 해댄다.
>
> ─「흰⋯」 전문

"5 · 18 광주 그날"에 희생되어 싸늘한 주검이 된 "흰색"의 "얼
굴빛" 사체死體에 바쳐진 헌사이면서 조사弔辭다. 그 주검의 흰

빛은 비극적인 것이지만, 그것이 의로움을 위해 바쳐진 고귀하고 위대한 희생이기에 그 비극성은 단순한 비극을 넘어 비장한 아름다움이 성립된다. 아니 정확히 말해 시인이 그 비극성을 비장한 아름다움으로 승화시키는 미학을 보여주고 있다. 주검은 인간의 한계성으로 인해 되돌릴 수 없는 숙명적인 것이다. 그럼에도 시인은 순결한 주검의 상징인 흰빛을 "천만 가지 색을 가진 생명의 입자"를 가진 "팔딱이는 숨구멍"의 돌기를 가진 것으로 보고 그 흰색 생명의 돌기를 사체에 불어넣어 생명을 되살리려 하고 있다. 아니 "죽지마, 제발 죽지마"라고 안간힘을 쓰고 있다. 그 흰색이 비록 "진실이 묻혀가는" 어두운 오욕의 세상에서 "때 절고 더럽혀지더라도" 백색의 순결함, 고귀함을 지켜내려 한다. 그 의지가 강렬할수록, 그 불가능의 비장한 아름다움은 더욱 고조될 수밖에 없다. 이와 같이 윤금초 시인의 사설성은 숭고미를 넘어 비장미에까지 미치고 있는 것이다.

4. 놀이성의 진수, 골계미의 참맛

이처럼 윤금초 시인의 사설시조 미학은 숭고미와 비장미의 구현에도 미쳐 미학의 영역을 확장하고 있지만, 뭐니 뭐니 해도 사설시조의 본령이라 할 골계미의 진수를 담아내는 데 그의 장인적 재능을 유감없이 발휘한다. 이 시집에서 무려 76수의 연작 번호가 붙을 정도로 압도적 비중을 차지하는 「뜬금없는 소리」 연작시는 때로는 풀이성을 보이며, 때로는 놀이성을 보이며 사설시조의 다기한 모습을 드러내지만 그 가운데서도 해학과 풍자, 아이러니, 위트, 익살에 이르기까지 골계미의 진수를 담아내는데 시인의 탁월한 역량을 유감없이 발휘한다. 이는 옛 사설시조를 모아 묶은 『만횡청류』의 전통을 이은 것이지만 그 차이는 분명히 존재한다. 먼저 옛 사설시조는 사대부층의 애민정신이 윤리적으로 혹은 정신적, 신체적으로 약자의 위치에 놓인 인간 군상들의 적나라한 인간적 모습을 연민의 시선으로 승화시킨 노래여서 민중의 자연스런 욕망과 고난의 모습을 따스한 공감과 위안의 시선으로 풀어내고 놀이화함으로써 감동을 준다.

이를테면 노총각, 막덕 어멈, 백발에 화냥 노는 년, 소경, 청맹과니, 벙어리, 첩, 샛서방 둔 아낙네, 중놈, 승년 같은 비속卑俗한 인물들을 주류 대상으로 삼아 사설시조의 '허튼소리'에 의한 일탈의 미학을 제대로 보여준다. 그러나 사설시조 향유층이 당대의 집권층인 사대부 자신이었기 때문에 집권층의 악행이나 부정, 모순, 부조리한 양태에 대한 날카로운 풍자나 조롱은 찾아보기 어렵다. 상층 권력층을 향한 시니컬한 풍자는 자기 부정을 내포하는 비판이 되는 것이므로 풍자가 성립될 수 없었던 것이다. 옛 사설시조의 이러한 한계점에 비해 윤금초 시인의 사설시조는 비판적 지성의 관점에서 사회적 강자强者를 향한 날선 풍자가 도저하게 드러난다.

우렁이 창시 같은 속을 지피지피 찾아들 오제.

동동걸음 가파른 시상, 이녁 것 챙겨 넣고 이녁 쓸 궁리만 허는 시상. 공부 많이 헌 거시기들 다 도둑놈 되드라. 높은 자리 앙근 사람들 자기 뱃구레 챙기는 것 보씨요. 고것이 부럽습디여? 추접스럽고 던적스럽제. 넘들은 다 안디 자기들만 몰라. 지체 높고 사려가 얕으면 얕을수록 그 아가리 커지므로 탐리貪吏가 되는 거고, 가방 끈 짧아도 사려가 지푸면 지풀수록 그 아귀 줄어들므로 염리廉吏가 되는 거여. 앞이나 옆이나 모다 거울이여, 거울이여. 꿀떡 묵는 것 맹키로 내가 좋으믄 저 사람도 오진 것이여. 옛 말이 있어. 헌옷 입고 일하기 좋고 새 옷 입고 남 말하기 좋다고.

저 혼차 되는 시상이 지구 천지 어딨어? 참말로.
　　　　　　　　　　　　　　　　　　　　—「뜬금없는 소리 42」 전문

　　여기서 풍자의 대상은 "이녁 것 챙겨 넣고 이녁 쓸 궁리만 허는" 사리사욕만 추구하는 부정한 세상이고, "공부 많이 헌 거시기들 다 도둑놈"이 되어 탐리가 판치는 부조리한 세상이며, "지체는 높으나 사려는 얕아" 남을 전혀 배려할 줄 모르는 꽉 막히고 암담한 세상으로 설정되어 있다. 이와 대조적으로 풍자의 주체는 전라도 사투리를 농익게 구사하는, "가방 끈 짧아도 사려 깊은", 염리廉吏의 시선과 목소리를 가진 인물로 설정되어 있다. 이렇게 해서 정의로운 후자가 탐욕과 악폐로 가득 찬 전자의 부정적인 행태를 조롱 섞인 어조로 신랄하게 측면 공격하고 비판하는 싸늘한 풍자가 성립하는 것이다. 그런데 풍자의 목적은 부정적인 것에 대한 비판과 공격 그 자체에 있는 것이 아니라 그러한 비판과 조롱을 통해 부조리와 모순, 적폐 따위를 개선하고 나아가 밝고 건강하고 정의로운 사회로 나아가게 하는 데 있다. 그래야 메마른 풍자가 아니라 고급한 풍자가 되는 것이다. 이 작품에서 시인은 "내가 좋으믄 저 사람도 오진 것이여"라고 한다든지, "저 혼차 되는 시상이 지구 천지 어딨어?"라고 마무리함으로써, 공부 많이 한 사람이거나 가방 끈이 짧은 사람이거나, 지체가 높거나 낮거나, 다 함께 어우러져 공평하고 정의로운, 그리하여 밝고 건강한 세상을 이루어 살아가자는 염원을 담아냄으로써 그러한 고급한 풍자의 전범을 보여준다.

그런데, 사회의 심각한 모순이나 부조리, 지독한 악덕이나 적폐 같은 신랄한 풍자가 요청되는 대상일 경우는 독수리의 발톱 같은 가시 돋친 풍자가 적절하고 유효할 터이지만, 인간의 약점이나 허점, 욕망에 기초한 적나라한 인간적인 모습을 보이는 부정적 대상은 신랄한 풍자의 대상이 될 수 없다.

고주망태 한 주정뱅이 들깨방정 참깨방정 떨다 말고

흰죽사발 눈 지릅뜨고 물퉁보리처럼 업혀 가다, 시르죽은 물렁팥죽 친구 부축 받고 비트적거리는 또 다른 술꾼 보고 찍자를 부렸겠다. 가여운 주정뱅이 같으니, 자네도 두 잔만 더 마시면 나처럼 한껏 자유를 누릴 텐데….

한물 간 시러베짓을 냉큼 못 버리다니!
—「두 주정뱅이」 전문

이 작품은 "들깨방정 참깨방정"을 떨며 앞뒤 가늠도 못하는 한 주정뱅이가 자신에게 "찍자를 부리"는 다른 주정뱅이와 맞닥뜨리는 골계적 상황이 야기되자, 주도酒道를 심각하게 넘어서서

마땅히 비판의 대상이 되어야 할 그 주정뱅이가 자신에게 찍자 부리는 주정뱅이를 향해 "가여운 주정뱅이 같으니"라고 오히려 핀잔을 주는 해학적 장면을 연출한다. 거기다 한 술 더 떠서 "자네도 두 잔만 더 마시면 나처럼 한껏 자유를 누릴 텐데…"라고 하여 술주정을 합리화 하는 말도 안 되는 해학적인 모습을 연출하고 있어 한 바탕의 코믹한 드라마를 보는 묘미를 갖게 한다.

그런데 이 두 주정뱅이의 행태는 "한물 간 시러베 짓을 냉큼 못 버려"는 악폐를 보이는 것이어서 분명 풍자의 대상이 되고 있지만, 그러한 악폐가 술을 고주망태가 되도록 먹게 되는 인간의 자연스런 욕망에 기초하고 있어 술주정으로 인한 허점이나 약점이 신랄한 풍자의 대상이 될 수는 없는 것이다. 오히려 술주정뱅이의 입을 통해 술로나마 우리가 살아가는 세상의 온갖 속박을 벗어나 자유를 누릴 수 있다는 아이러니적 풍자를 가함으로써 시인은 단순한 풍자에 머물지 않고 해학과 아이러니가 어우러진 가장 높은 단계의 풍자를 맛보게 한다. 해학이나 아이러니가 없는 풍자는 한낱 악담이나 독설에 지나지 않게 되기 쉬운데 윤금초 시인은 이와 같이 풍자 속에서 해학과 아이러니를 맛볼 수 있도록 능숙한 솜씨를 발휘하고 있어 메마른 풍자를 넘어서는 예술적 성취를 이루어 낸 것이다.

이 시집의 중심을 이루고 있는 '뜬금없는 소리' 연작은 제목의 글자 그대로 보면 이치에 맞지 않거나 분위기에 맞지 않는, 혹은 격에 맞지 않는 소리를 담은 것이라 하겠지만, 그 심층에는 이치와 사리에 맞고, 격에 너무나 잘 어울리는 목소리로 옛 사설시조의 '허튼 소리'를 계승하고 있다. 뜬금없는 소리는 허튼 소리이면서 허튼 소리가 아니라는 것이다. 거기다 고전의 단순한 계승을 넘어 현대의 삶을 날카롭게 반영하는 신선함과 시의 성時宜性을 반영하면서 다기多岐한 미학으로 성취해 내고 있다. 그리하여 사설시조의 형식 모형이 어떠해야 하는가를, 말놀이의 진수가 어떤 맛인가를, 해학의 다사로움이 어떤가를, 풍자의 날카로움이 어떤가를, 말 부림의 기교가 어떠해야 하는가를 그리고 무엇보다 사설시조다움이 어떤 것인가를 때로는 모범적으로 때로는 선구적 실험으로 보여주고 있다.

그동안 현대사설시조는 자유시처럼 되는 경우가 많아 사설시조의 참맛을 음미할 수 없는 경우가 대부분이었다. 형식 운용에서도, 말 부림에서도, 무엇보다 날카로운 비판적 지성과 살가운 모정적 감성이 절묘하게 결합한 데서 터져 나오는 그런 고차원한 웃음을 잃은 메마르고 삭막한 모습이 대부분이었다. 그런 현대사설시조의 격을 사설시조다움의 신선한 아름다움을 통해 가장 차원 높게 성취한 이가 윤금초 시인이라고 문학사적 위상을 단정적으로 지정할 수 있을 것이다.

한 마디로 윤금초 시인이 있어, 사설시조는 마침내 현대의 하늘을 날게 된 것이다. ▨

자유정신의 구현과 대지적 여성성

이지엽

경기대 교수

윤금초 시인이 두 번째 사설시조집을 낸다. 한 권 내기도 힘든데 두 권을 내니 시조단의 처음 있는 일이거니와 그의 사설시조 사랑이 예사로운 것이 아님을 알 수 있다. 사설시조작품 중「뜬금없는 소리」는 70여 편이 넘는 연작 사설시조인데 이를 통해 시인의 작품세계를 살펴보는 것이 좋을 듯하다. 형식을 먼저 살피고 내용을 보도록 하겠다.

1. 정격의 사설시조 형식

  바람결 일 때마다 한 겹씩 어둠 터는 수풀

  은연중 으스스 떨려 문득 눈시울 걷는다. 하늘 끄느름한 발치께로 야윈 바람 다가와 늙은 패랭이 허리나 검버섯 앉은 숨다리 늦잎 성가시도록 집적거린다. 가을 때깔이 공연히 남의 옷깃에 함부로, 함부로 울적한 제 심기 낙서하려 들고 있다. 조락凋落! 소리치고 나리꽃 모로 고개 꺾는다.

철없는 귀뚜라미소리 때 아닌 풍년 든다.

―「뜬금없는 소리 29」 전문

윤금초 시인은 많은 사설시조 작품을 쓰면서 나름대로 사설
시조 형식을 정격으로 지키고 있다. 이는 1)초장, 중장, 종장의
삼장으로 구성되고 2) 각 장이 네 마디의 호흡적 율격을 지니며
3) 종장은 첫 음보가 3자 둘째 음보가 5자 이상이라는 것이다.
2)에서 '마디'는 1음보에서 다수의 음보까지를 포함하는데 대개
초장과 종장의 경우는 1음보인 경우가 많고 중장에서는 대부분
상당하게 늘어나고 있다. 「뜬금없는 소리 29」를 나눠보면 다음
과 같다.

초장

바람결/ 일 때마다// 한 겹씩/ 어둠 터는 수풀///

중장

제1마디: 은연중/ 으스스 떨려/ 문득 눈시울/ 걷는다. /

제2마디: 하늘/ 끄느름한/ 발치께로/ 야윈 바람/ 다가와/ 늙은 패랭이/
허리나/ 검버섯 앉은/ 솜다리 늦잎/ 성가시도록/ 집적거린다.//

제3마디: 가을/ 때깔이 /공연히/ 남의 옷깃에/ 함부로, /함부로/ 울적한/
제 심기/ 낙서하려/ 들고 있다. /

제4마디 :조락凋落!/ 소리치고 /나리꽃 /모로 고개/ 꺾는다.///

종장

철없는/ 귀뚜라미소리// 때 아닌 / 풍년 든다. ///

초장과 종장은 4음보로 평시조와 같고 중장의 4마디는 각각 4음보-11음보-10음보-5음보로 구성되고 있다. 중장의 걸음수가 제1마디에서는 완만하다가 제 2, 3마디 중반에서는 빨라지다가 마지막 제4음보에서는 다시 완만해지는 가장 보편적인 호흡적 율격을 보여주고 있다.

이보다 중장이 길어진 경우를 한번 보기로 하자. 바로 호흡적 율격을 표시해보도록 하겠다.

열은 /끝이 있어두// 아홉은/ 끝이 없는 수여.///

하늘에서 가장 높은 디는 구민九旻이구, 땅에서 가장 높은 디는 구인九仞이구, 땅에서 가장 깊은 디는 구천九泉이여. / 그 뒷이다 넓으나 넓은 하늘은 구만리장천九萬里長天이구, 넓디넓은 땅덩이는 구산팔해九山八海이구, 나라에서 가장 큰 관가는 구중궁궐이구 말구. // 또 있다니께. 가장 큰 민가는 구십 구칸이구, 집구석만 컸지 살림살이 째고 쪼들리면 구년지수九年之水이구. 그 땜시 수없이 태운 속은 구곡간장九曲肝腸이구, 수없이 죽다 살았으면 구사일생이구, 그렇게 수없이 넘긴 고비는 구절양장九折羊腸이구, 어찌어찌 셈펑이 펴이어 두구두구 먹구 살 만치 장만해뒀으면 구년지축九年之蓄이구…/ 열버덤 많은 수가 아홉인 겨. 아홉은 무한량 무한대 무진장을 가리키는 수가 없는 수니께. 암, 암.///

열버덤/ 열 배는 더 큰 수가// 아홉이구 말구, /참말루!//
— 「뜬금없는 소리 3」 전문

중장의 네 마디가 각각 12음보-13음보- 32음보- 11음보로 제3마디가 다른 마디에 비해 월등히 많은 음보수를 가지고 있다.

"구년지수九年之水"와 "구곡간장九曲肝腸"과 "구사일생"과 "구절양
장九折羊腸" "구년지축九年之蓄"이 열거되면서도 반복적 리듬을
타고 있어 사설의 묘미가 바로 이 가장 빠른 부분에서 이루어지
고 있음이 주목된다. 길어지더라도 사설시조의 형식을 잘 지키
며 창작되고 있음을 볼 수 있다. 각 마디의 늘어난 부분 걸음 수
는 대개 짝수 걸음인데 이는 홀수 걸음에 비해 짝수 걸음이 안
정적이기 때문이다. 홀수인 중장의 제2음보와 제4음보를 보면
각긱 마지막 부분의 첨가로 인해 늘어나고 있음을 알 수 있다.
"~구중궁궐이구 말구."에서 "말구"와 "~가리키는 수가 없는 수
니께. 암, 암."에서 "암, 암"이 이에 해당된다. 이 말들은 없어도
전혀 상관없지만 보다 의미를 강조하거나 자연스럽게 하기 위
해 첨가된 부분이다. 이렇게 첨가되는 언어들로 홀수 걸음이 되
면서 변화를 일으키기도 한다. 요컨대 윤금초 시인의 사설시조
형식은 사설시조의 일반적인 형식을 지키면서 장단완급의 호흡
적 율격을 잘 운용하고 있다고 볼 수 있겠다.

2. 서민성·자유성·재미성·대지적 여성성

가. 민초들의 고단한 삶과 따뜻함

먹잘 것 없는 밴댕이 가시 많은 격이라나.

비지 사러 갔다가도 말휘갑 질편허면 두부 사오는 볩이라구 허기야 허
지만 참말이다, 참말이다 시부렁대는 것일수록 거짓부렁 투성이가 세상

풍속 아닌감? 살기가 곽팍허고 각다분허다보면 염치고 김치고 간에 꼴이 꼴같이 보이질 않구, 책 한 질 율법이 가득혔어도 밥 한 주걱 무게만 같지 못혀. 알뜰히 대끼고 쓿은 쌀에도 종종 뉘가 섞이고, 까붐질 야물게 헌 보리쌀에도 간혹 돌이 섞여 지끔거리는 벱이여… 재주는 점퍼쟁이가 넘구 재미는 양복쟁이가 보는 게여. 우리가 백 년 살아야 삼만 육천 오백 일인디, 길은 물음물음 가고 사람은 알음알음 만나는 게여. 암만… 미운 벌레 모로 긴다구, 개살구 지레 터진다구, 보름사리 홍어 같으면야 상허면 상헌 대로, 성허면 성헌 대로 먹거나 허것지만 이건 원, 이건 원, 워디 삶어서 땟국 안 빠진 것이 대려서 땟물 나던 것 봤남! 어정칠월 개장국에 하루 잔 막걸리 후줏국만큼이나 시금털털해서 원….

　익다 만 치자 빛 놀이 설핏하게 비껴 가드만.
― 「뜬금없는 소리 5」 전문

　「뜬금없는 소리」 연작은 타장르를 패러디하거나 참고로 한 작품들이 많다. 2～5는 이문구 소설 「우리 동네」 및 「내 몸은 너무 오래 서 있거나 걸어왔다」 부분을 패러디했고, 16, 20 등은 김주영 소설 「객주」, 43은 서정인 소설 「달궁·둘」, 46은 남인희·남신희 「장터의 칼」, 「뜬금없는 소리 47～51」은 조오현 역해 『벽암록』, 74는 문순태 소설 「철쭉제」 등을 패러디하거나 참고로 했다. 이 작품들이 지니는 풍속사나 어투 등이 시인이 쓰려고 하는 사설의 취지와 맞아떨어졌기 때문일 것이다. 그런만큼 이들 소설에 폭 넓게 깔려있는 서민들의 생활과 관련된 아픔들이 그대로 배어나올 수밖에 없다. 「뜬금없는 소리 5」 또한 마찬가지다. "책 한 질 율법이 가득혔어도 밥 한 주걱 무게만 같지 못"하다는 냉소에는 세상의 원리들이 지켜지지 않는 지독한

불신이 자리잡고 있다.

세상사는 늘 겉과 속이 다른 법임을 시적 화자는 우회하지 않고 직격탄을 날린다. "참말이다, 참말이다 시부렁대는 것일수록 거짓부렁 투성이가 세상 풍속" 아닌가 말이다. "알뜰히 대끼고 쓿은 쌀에도 종종 뉘가 섞이고, 까붐질 야물게 헌 보리쌀에도 간혹 돌이 섞여 지끔거리는 법"인데 그걸 작정하고 넣는 것이 세상 인심이라는 것이다. "재주는 점퍼쟁이가 넘구 재미는 양복쟁이가 보는" 표현에서 알 수 있듯 서민들은 늘 "점퍼쟁이"로 도시의 약삭빠른 "양복쟁이"에 당할 수밖에 없는 아주 잘못된 세상을 풍자하고 있는 것이다.

「뜬금없는 소리30」에서도 서민들의 애환은 초장의 "죽어 저승에 가면 셋방살이 풀려나겠지?"에서 드러나고 중장에서는 그 따라지 장돌뱅이 인생의 "이 장 저 장 장돌뱅이 옮겨 다니다 싸전 마당 되먹이장수 쌀자루나, 돈 사러 나온 녹두 보퉁이, 참깨자루 스리슬쩍 집어다가 팔아 넘겨 겨우 넝마전 옆 차일 밑에 들어 국수나 국말이밥 사먹는 데나 쓰던, 철딱서니라곤 서푼어치도 없는 통 좁은 좀도둑으로 뼈가 자라 주색에 곯고 지친 거무죽죽한 안색에 생쥐 눈, 숱 짙은 곱슬머리에 가난한 이마, 자라다 멈춘 도막 키에 다부지게 바라진 몸뚱이"까지를 세세히 거론한다. 시인은 이를 통해 무엇을 의도하는가. 이들의 삶을 파노라마처럼 보여주는데 일차적 의미를 두고 있다. 되도록 3인칭의 전지적 작가시점을 쓰지 않고 있는 상황을 그대로 보여줌으로써 모든 것을 독자들의 판단에 유보시키고 있는 셈이다. "들국화 몇몇 떨기가 영락없는 따라지"인 인생들이 살아가는 모습들이 이들이 쓰는 질박한 언어를 통해 재현되고 있는 것이다.

　　텅 비어 거리낌 없는,
　　언뜻 번뜻 담아낸 섬㎜ 자

　　타고난 성질 막돼먹어 세상사람 어울리기 어려웠습니다. 붉은 대문 단
　　으리으리한 저택 보면 반드시 침을 탁 뱉고 지나가는 반면, 못 사는 동네
　　허름한 집 보면 반드시 서성대고 두리번거리면서, '팔베개 베고 맹물 마
　　시지만 사는 즐거움 다른 것과 바꾸지 않겠다'는 그런 사람 만나지 않을
　　까 기대하곤 했습니다.

　　독마다 찰찰 넘치는
　　묵은 간장 간수하듯.
　　　　　　　　　　　　　　　　　　　　— 「뜬금없는 소리39」 전문

　　아마 중장의 내용은 조선시대 선비 권필이 송홍보에게 보낸
편지를 인용해온 듯하다. 그러기에 이 시의 시적 화자는 지식인
(선비)이라 볼 수 있는데 "붉은 대문 단 으리으리한 저택 보면 반
드시 침을 탁 뱉고 지나가는" 것으로 보아 가세가 그리 넉넉한
편이라 보기 힘들다. 이 작품의 저류에 흐르는 것은 "못 사는 동
네 허름한 집 보면 반드시 서성대고 두리번거리면서" 이들과 같
이 동행하는 정신이라 볼 수 있고 '팔베개 베고 맹물 마시지만
사는 즐거움 다른 것과 바꾸지 않겠다'는 그런 사람, 말하자면
"텅 비어 거리낌 없는／ 언뜻 번뜻 담아낸 섬㎜ 자" 같은 사람과
의 교유를 기다린다고 볼 수 있다.
　　그러나 무엇보다 이 서민적인 삶을 그려내고 있는 작품들에

서 중요한 것은 이들 삶에서 묻어나는 따뜻함이다. "담 너머 손
내민 건/ 남의 살, 남의 몫이"라는 것을 용인하면서 "하도나 애
썼는디 딸 거이 그닥 없어. 삐둘기가 와서 찍고 심심소일 꿩이
와서 입맛 다시고, 찍어서 싹 빼묵었어. 어쩌끄나, 갸들은 짓는
농사 없는디. 묵어야제, 묵어야제. 따 자셔, 맘대로 따 자셔. 많
아야 나누는 감? 쪼깐해도 나누는 거이 공생이제. 하면, 하면….
주고자운 맘이 있단 거이 좋고, 줄 수 있단 거이 오지제. 안 그
러요?"(「뜬금없는 소리 54」)에서 보듯 아주 작은 것이라도 나누
는 공생의 삶을 그리고 있다는 점이다.

나. 일상의 부조리와 비상식적인 잘못에 대한 비판

일상을 살아가는데 상식을 넘어서는 잘못이 너무 많다는 것
을 시인은 잘 알고 있다. 생활 속에 크고 작게 부딪치는 문제들
을 시인은 핀셋으로 잡아내어 들려준다. 「뜬금없는 소리 28」은
말이 되지 않는 소리에 대한 날카로운 비판이다.

벼룩도 이마가 있고 하루살이도 뒤통수 있는 게야.

몰라도 그만 알아도 그만인 게 이생 아닌가. 아는 게 망통이면 모르는
게 장땡이지. 흔한 말 흔케 쓰다보면 허텅지거리밖에 안 돼! 이런 쉬파리
같이 얼척없는 사람 보겠나. 어디서 털 뽑히고 예 와서 신소리야, 신소리
가. 그래 무슨 억하심정으로 짓밟아 비렁뱅이 쪽박 깨듯 하느냐, 그 말이
야. 이 인간이 시방 누구를 도루묵으로 아나 본데 말세, 말세 해쌓더니만
말세가 이냥 저냥 싸게 올 줄 아는 모양이지. 이승이 난세이고, 난세가

병세이고, 병세가 잡을세라. 민망스럽긴 아랫목 메주 체면에 뜨다만 메줏덩이 내던지는 소리, 말머리 말꼬리에 피가 맺힌 소리, 말은커녕 토도 안 되는 소리 작작하게, 작작해. 아니꼬운 뱁새눈 뜨고, 으레 지레 질려 나오는 그 입 발린 소리 작작하게 작작해. 이미룩저미룩하다 비린 것 한 점, 누런 물 한 방울 구경 못하고 맹물에 맨밥 말아 맨입으로 먹는 처지 밖에. 소식이 깡통이고 기별이 병마개라, 병마개라, 개 혓바닥같이 퇴색한 넥타이 이제 그만 풀어놓고 말이 말을 되받으니까 귀둥대둥 속 지르지 말게, 속 지르지 마. 속 먼저 밑지고 드는 터라 물질 가난 면치 못하는 게야. 뚱해진 낯짝 풀지 않고 허어… 말로써 말이 많군 그래.

    나 원 참, 하도나 어이없어 보름달이 하품하네.
                                        ―「뜬금없는 소리 28」 전문

    행동으로는 보여주지 않고 말소리만을 앞세워 입 발린 소리를 잘 하는 사람들이 세상에는 참 많다. "민망스럽긴 아랫목 메주 체면에 뜨다만 메줏덩이 내던지는 소리, 말머리 말꼬리에 피가 맺힌 소리, 말은커녕 토도 안 되는 소리"를 하는 "말로써 말이 많"은 사람들에게 일침을 가하고 있다.

    그것 참
    실없기는
    설 쇤 머리 무쪽같네.

    입은 모로 찢어졌어도 침은 바로 뱉으랬지. 왜 한 발 앞 물정만 알고 열 발 밖 속어림은 못하는가? 주먹심 뻗댄 재물은 흐르는 물에 띄운 뜨물 같아서, 뜨물 같아서 괴는 맛이 없는 게여.
                                        ―「뜬금없는 소리 22」 전반부

                                                            193

「뜬금없는 소리 22」에서는 실없이 해대는 말의 무가치성에 대한 비판을 보여주고 있다. "망치가 가벼우면 못이 움찔 솟는 게여"라는 뼈있는 말에는 따끔하게 충고할 때는 결코 물러서지 말라는 충고가 담겨있다.

「뜬금없는 소리 13」에서는 "비 때 비 주구 눈 때 눈을 주는 하늘두 우리를 안 쇡이구, 쌀 때 쌀 주구 보리 때 보리를 주는 땅두 우리를 안 쇡이는디, 하물며 사람 것들이 우리를 쇡"이는 현실을 비판하고 있다.

다. 분방한 성담론

구만 허구,
그 뭣이여. 이쁜이계,
그거나 좀 일러봐.

이르나 마나, 이쁜이를 이쁘게 수술허자면 목돈이 드니께 아낙들은 계를 허구, 계를 타면 수술을 헌다 이거라. 수술이나 마나, 집이는 병원에서 애를 낳았으니께 상관 읎을 겨. 병원서 낳으면 그 자리에서 츠녀 때처럼 좁으장허게 꼬매주던. 그런디 우리는 워디 그려? 두 애구 시 애구, 애마두 집에서 낳았으니 이쁜이가 헐렁이 다 되었지…. 헐렁해진 이쁜이를 오리주둥이 같은 걸루다 떡 벌여놓구 양말짝 뒤집듯 홀랑 뒤집어설랑 좁으장허게 꼬매는 겨. 아따 제미, 시물니물 묵은 홍어 밑구녕두 식초 한 방울 떨어뜨리면 오동보동해지듯이. 워째서 암말 읎어? 툭허면 나가 자구 온다구 바깥양반 구박헐 일이 아니라니께 그러네. 그 뭣이다, 이쁜이계가 산도産道를 초산 전 생김새 대로 돌이켜 주는 봉합 수술계여.

194

어떤감?

이녁도 솔깃 허는 겨?

가자미눈 뜨는 것이.

— 「뜬금없는 소리 8」 전문

　「뜬금없는 소리 8」은 시인의 성담론시편 연작의 연장이라고 볼 수 있다. 두 사람의 대화체로 엮어나가는 것이 흥미로운데 초장은 속칭 이쁜이 수술을 모르는 사람이 어디선가 한 번 들어서 궁금한 내용을 묻고 있고 중장에서는 이를 설명하는 내용인데 이 답이 적나라하게 기술되고 있다. "시물니물 묵은 홍어 밑구녕두 식초 한 방울 떨어뜨리면 오동보동해지듯이" 이를 홍어에 비유하는 대목에서는 낯이 뜨거워진다. 「뜬금없는 소리 10」역시 성담론을 담고 있는데 정력에 좋은 것도 다 소용없는 것을 일일이 까발리면서 "비암은 또 얼마나 잡으러 댕겼간디. 비암이나 마나 무슨 효과가 있구서 말이지. 누구네 압씨는 비암 마리나 먹구부텀 우뚝우뚝헌다는디, 그이는 두 말 허면 각설이지. 달아지구 대껴진 것두 다른 건 다 그런 개비다 혀두, 빙충맞은 홍어 거시기처럼 고개 숙여 축 늘어지구, 풀 꺾여 시르죽구, 히마리 읎이 흐늘흐늘 늘어진 꼬락서니라니…. 네미랄, 부르튼 소리도 남우세스러워서 원."이라며 비아냥거리는 표현에서 서민들의 실상까지를 여실히 보여주고 있다. 시적 대상을 묘사하는 구체성이 리얼하면서도 운율을 타고 있어 역동성을 느끼게 한다. 사투리나 속어를 구어체로 잘 활용하고 있는 것도 실감실정實感實情을 느끼게 하는 데 적지 않은 기여를 하고 있다.

라. 시대에 대한 풍자와 재미성

돈 앞엔 웃음 한 말, 돈 뒤엔 눈물 한 섬.

한 스님 나룻배 타려고 부두에 나왔다지. 하필 가는 날 북새통인가. 별안간 배 타려는 사람 부쩍 부쩍 불어났어. 눈 깜박할 새 뱃삯 두 배로 뛰었지. 그런데도 타겠다는 사람 하도나 많아 수중에 뱃삯 한 푼 지닌 스님 줄 밖으로, 줄 밖으로 밀려날 수밖에. 망연자실 우두커니 서있는 스님, 멀리 떠나는 나룻배 바라만 보고 있었지. 이 일을 어쩌면 좋아, 어쩌면 좋아…. 강 한복판에서 배가 기우뚱, 기우뚱하다 그만 뒤집히고 말았어. 뒷짐 지고 있던 스님 이렇게 중얼거렸다나.

"소승은 돈 없는 탓에 죽지도 못합니다. 나무 관세음보살!"
— 「뜬금없는 소리 33」 전문

「뜬금없는 소리」는 제목에서 시사하듯 어떤 한 방향을 생각하고 쓴 작품이 아니라 시적 대상의 층위가 일정하지 않고 아주 다양한 형태로 나타난다. 시인의 쓴 다른 사설시조 작품과 어떤 점에서 크게 차이가 나는 것일까.

주리고 헐벗고도 낙낙한 오지랖 지녔데.

내 누이 소꿉친구 고정희를 업어가 버린 지리산 비탈바위, 물기 젖은 비탈바위, 돌이끼 물빛 감고 가전체假傳體 쓰고 있데. 눈 또랑또랑 키 작달막한 김남주를 앗아가 버린 그해 2월 산자락에, 볕바른 산자락에, 선홍색 객혈을 하듯 흐드러진 저 동백꽃. 단정학丹頂鶴 이마 같은, 멀리 보면 들불 같은, 활짝 피는 개국開國의 절정에서

196

누긋한 봄물 휘감고 막줄 길 그리 가데.

— 「동백꽃, 객혈하듯」 전문

이 작품은 시인과 동향인 고정희, 김남주 시인에 관한 이야기이다. 이들 작품을 「뜬금없는 소리」의 연작으로 끌어들이지 않고 「동백꽃, 객혈하듯」이란 제목으로 하고 있는 것을 보면 시인이 구상한 「뜬금없는 소리」의 시적 대상 범주를 어떻게 잡고 있는지를 가늠할 수 있다. 「동백꽃, 객혈하듯」이 「뜬금없는 소리」와 조금 다른 층위라는 것은 이 작품이 가지고 있는 민중성과 현실성, 더 나아가 진지성이라는 측면에서일 것이다. 아마도 이 작품을 「뜬금없는 소리」 연작에 포함했다면 특히 진지성 측면에서 반감되는 효과를 가져왔을 것이다. 다시 말해 「뜬금없는 소리」는 진지성보다는 가벼운 풍자성과 재미성이 기저자질로 작용하고 있음을 알 수 있다.

「뜬금없는 소리 33」은 물질 만능의 세태를 가볍고도 재미있게 풍자한다. "소승은 돈 없는 탓에 죽지도 못합니다. 나무 관세음보살!"이라는 아이러니에는 천상병 시인의 "형과 누이들은/부산에 있는데//여비가 없으니/가지 못한다.//저승 가는 데도/여비가 든다면//나는 영영/가지도 못하나?//생각느니, 아,/인생은 얼마나 깊은 것인가."라는 「소릉조小陵調─70년 추일秋日에」를 생각나게 한다. 사실상 배가 강 한복판에서 뒤집히고 말았으니 사람들이 수장되는 끔찍한 사고가 일어난 것인데 스님은 뒷짐 지고 멀거니 바라보다 "소승은 돈 없는 탓에 죽지도 못합니다. 나무 관세음보살!" 하고 있으니 얼마나 「뜬금없는 소리」인가.

사람이 많다고 뱃삯을 두 배로 받은 물질만능의 세태를 꼬집으면서도, 사람들의 욕망이 결국 생명성이 무시되는 지경에까지 이르고 있음을 은연중 내비치고 있는 것이다.

사실상 오늘날의 사설시조는 과거의 문학 전통으로 내려오던 아주 중요한 해학성의 측면을 거의 놓쳐버리고 있지 않은가 싶을 정도로 사뭇 진지함에 빠져 있다. 그러나 이것은 문학의 기능 중 효용론적 측면을 전혀 고려하지 않는 것이라 볼 수 있다. 오늘날의 독자들은 진지함보다는 재미성의 측면을 더 크게 바라본다는 점에서 「뜬금없는 소리 33」같은 의외성의 작품들이 반드시 필요하다. 시인은 이에 대한 필요성을 충분히 간파하고 있다.

"열은 끝이 있어두 아홉은 끝이 없는 수"라고 하여 9가 지니는 의미를 다양한 측면에서 포착하고 있는 「뜬금없는 소리 3」, "젓 사려, 새우젓 사려. 초봄에 담는 쌀새우는 세하細蝦젓이요, 이월 오사리는 오젓이요. 오뉴월에 담는 육젓이요, 가을에 담는 취[秋]젓이요. 겨울 잔 새우는 동백하冬白蝦젓" 등의 젓을 하나씩 새기면서 "맛보시오, 맛보는 데 품 달란 소리 않을 테니"에서 보듯 동음이의어의 의미로까지 확대해석하게 하여 웃음을 유발하게 하는 「뜬금없는 소리 20」, "양반인지 좆반인지, 허리 꺾어 절반인지, 개다리소반인지 마른 땅에 새우 튀듯 아주 자반뒤집기로 분요紛擾를 떨고 있네, 그려."에서 보듯 비슷한 음의 반복에서 오는 무관계성의 폭력적 결합이 주는 재미성이 있는 「뜬금없는 소리 22」등의 작품들이 이에 해당된다고 할 수 있다.

마. 에코페미니즘, 대지적 여성성의 힘

「뜬금없는 소리」 연작에 서 자연현상과 관련되어 계절의 변화나 기후, 산, 강, 나무, 사막 등 자연환경에서 얻어진 작품들이 상당수 있음이 주목된다. 이들 작품들이 생태적인 환경과 접목되면서 에코페미니즘의 인식으로까지 확산되고 있음이 주목된다.

> 겉절이 버무리듯 수습된 듯싶다가도
>
> 아직은 도시 땟물 덜 배인 아기바람, 육자배기 걸음새로 절기를 나르느라 쉼 없이 건들거리고, 건들거리고 키만 겨루며 자라 어지간히 가난해 뵈는 들국화 몇 떨기가 아카시아 늙은 가지 그늘에 들어 아이 추워, 아이 추워 소름 끼친다. 이따금 써늘한 바람 휘 휘 휘 몰려오자 웃자란 느릅나무 저들끼리 수군대다, 수군대다 별 한 점 내보이지 않은 충충한 하늘 멀뚱멀뚱 지켜본다.
>
> 쿵 쿵 쿵 산이 앓는 소리, 태징처럼 떨고 있다.
> ─「뜬금없는 소리 32」 전문

이 작품의 중심에는 몇 개의 사물들이 등장한다. "아기바람"과 "들국화", "느릅나무"가 이에 해당된다. 그런데 이 사물들을 묘사하는 어휘들이 "아직은 도시 땟물 덜 배인" "육자배기 걸음새로 절기를 나르느라 쉼 없이 건들거리고, 건들거리고" "아이 추워, 아이 추워 소름 끼친다." "저들끼리 수군대다, 수군대다

별 한 점 내보이지 않은 충충한 하늘 멀뚱멀뚱 지켜본다" 등에
서 보듯 여성적이다. 말하자면 "쿵 쿵 쿵 산이 앓는 소리"를 내
며 몸살을 앓듯 계절의 변화에 견디는 생태계의 모습을 여러 각
도에서 흥미롭게 포착하고 있는 것이다.

　　누워 있는 알몸이라, 성인 여자 거웃이라.

　　저녁놀 화단화다 물들기엔 아직 이른 해거름 녘, 하루 중 빛의 농도 가
장 선명한 저녁 무렵이다. 풀 뜯는 낙타들이 느릿느릿 움직이는 버쩍 마
른 풀밭 펼쳐져 있다. 멀리서 바라보면 회색빛 사막 한가운데 흡사 알몸
으로 드러누운 여인의 거웃처럼 종려나무 숲 옴팍하게 들어앉아 있는 작
은 오아시스라. 블랙홀처럼 빨려드는 해거름 연극 무대…. 사막의 저녁
놀은 영락없는 연극 무대 조명이다. 삽시에 사위가 음침해지고, 하늘이
며 지평선이 구분 없이 맞물려 있다. 저 멀리 서녘 하늘 핏빛이었다가,
검붉은 감색이었다가, 이윽고 암갈색으로 바뀌는 숙련된 조명사의 재바
른 노을 연출. 광대한 대륙을 훑고 눈앞 헉헉 먹먹해질 때,

　　서늘한 미풍 손잡고 대추야자 춤을 춘다.
　　　　　　　　　　　　　　　　　　　　　　　　　－「뜬금없는 소리 61」 전문

　사막의 모습을 "누워 있는 알몸"으로 본다. "종려나무 숲 옴
팍하게 들어앉아 있는 작은 오아시스"를 "알몸으로 드러누운 여
인의 거웃"으로 본다. 그 사막 위에 "풀 뜯는 낙타들"은 남성성
을 상징한다. 부분적으로 보면 남성성이 여성성을 지배하는 것
처럼 보이지만 그러나 "삽시에 사위가 음침해지고, 하늘이며 지
평선이 구분 없이 맞물려" 암갈색으로 바뀔 무렵에는 그 남성성

도 무력한 것이 되고 만다. 오히려 어둠 속에서 "서늘한 미풍 손잡고 대추야자 춤"추는 대지적 여성성이 지배하게 되는 것이다.

「뜬금없는 소리 68」에서는 "더위에 지쳐 늘어짐이 없고 장마에 젖으나 물러지지 않"고 "가벼워지거나 무거워지지 않고, 망치로 얻어맞아 깨지긴 해도 일그러지거나 무름해지지 않는" 그리하여 "단사丹砂를 갈더라도 그 붉은 빛을 빼앗을 수 없고, 쇠뭉치로 깨뜨려도 그 굳음은 훔쳐낼 수 없"는 돌의 타고난 성질을 형상화하고 있으며, 「뜬금없는 소리 38」에서는 "푸진 햇볕 푸지다 못해 불꽃인 양 꽂히는 날"의 기다림을 형상화하고 있고, 「뜬금없는 소리 37」에서는 "나무도 아닌 것이, 풀도 아닌 것이, 어느 게 줄기이고 어느 게 가지인지 모르게 덤불같이, 덤불같이 퍼지는 나무"이지만 "자라고 싶을 대로 자란대도" "사람 키 넘보지 않는 겸손한" 개암나무를 그리고 있다.

「뜬금없는 소리 62」에는 기둥선인장이 묘사되고 있다. 사하라 황량한 사막에서는 "일 년 내내 구름 한 점 없는 빈 하늘이었다가, 메마른 빈 하늘이었다가, 딱 한 차례 먹구름 몰려들어 그것도 고작 서너 시간 내리는 귀중한 사막의 비"가 쏟아지는데 "금싸라기 사막의 비를 가장 많이 빨아들이는 식물"이 바로 "기둥선인장"이라는 것이다. "비가 쏟아지면 비상 걸린 소방수처럼 재빠르게 주변 빗물 먹어치우는데, 한 차례 내린 비를 물경 1t씩 먹어치우는데" "이백 살 기둥선인장/사하라의 장수 같다"고 표현하고 있다. "이백 살 기둥선인장"은 「뜬금없는 소리 61」의 "대추야자"이고 "종려나무 숲 옴팍하게 들어앉아 있는 작은 오아시스"이고 "알몸으로 드러누운 여인의 거웃"이다. 말하자면 대지의 여성성을 가진 거대한 존재인 셈이다.

「뜬금없는 소리 63」에서는 1m 눈앞도 볼 수 없을 정도로 "캄캄한 먹통"으로 "한 걸음도 나갈 수 없"도록 "눈 깜짝할 사이 하늘이 지워지고, 살을 에는 듯한 모래알 공격 시작"되는 "하르마탄 돌풍"에 대해 그리고 있다. "한 번 할퀴고 지나가면 광활한 사막"은 구릉이 새로 생겨나고, 산처럼 높았던 사구도 사라져 웅덩이 패고 "난데없이 천야만야 골짜기 패기도" 하는 변화를 만들어낸다. 이 대자연의 힘 역시 대지적 여성성이라고 볼 수 있다. 이 대지적 여성성이야말로 21세기 미래시학을 열어가는 구원의 시학이 될 수 있다는 점에서 주목이 된다.

지금까지 우리는 윤금초 시인의 작품 세계를 살펴보았다. 민초들의 고단한 삶을 얘기하되 따뜻함을 내포하고 있으며 질박하고 진솔한 구어체를 통해 일상의 부조리와 비상식적인 잘못에 대한 비판을 담기도 한다. 동시에 분방한 성담론을 담아내는 대담성을 보여주기도 하며 시대에 대한 풍자와 재미성을 지니고 있다. 에코페미니즘의 미학을 담아내면서 대지적 여성성의 힘을 내장하고 있다는 점은 윤금초 시인이 독자적으로 구축한 최종적 귀착지이기도 하다. 윤금초 시인의 「뜬금없는 소리」 연작을 관류하는 정신은 요컨대 서민성·자유성·재미성을 포괄하는 자유정신의 구현과 삭막한 시대를 담대히 건너갈 수 있는 초록생명의 대지적 여성성에 있다고 말할 수 있을 것이다. ▨

고요아침 운문정신 16

뜬금없는 소리

초판 1쇄 인쇄일 · 2018년 02월 27일
초판 1쇄 발행일 · 2018년 03월 12일

지은이 | 윤금초
펴낸이 | 노정자
펴낸곳 | 도서출판 고요아침
편 집 | 김남규

출판 등록 2002년 8월 1일 제1-3094호
03678 서울시 서대문구 증가로 29길 12-27 102호
전화 | 302-3194~5
팩스 | 302-3198
E-mail | goyoachim@hanmail.net
홈페이지 | www.goyoachim.net

ISBN 979-11-88897-17-9(04810)